漢字教學與趨同演化

吳華陽—著

五南當代學術叢刊

字

　　每個人都識字，卻不見得懂字，不管懂不懂字，大家都能寫字：寫對的字、寫錯的字、寫錯別字、寫別人都這樣寫的字。

　　懂不懂字不重要，畢竟，當「干」淨、豆「干」、樹「干」、釣「干」全「干」在一起時，還需要甚麼講究？筆畫只要齊全成績自然圓滿，夠了。只有天生頑皮的，會想方設法去打探太陽（日）究竟怎麼說話（曰）；（溫）暖又怎能不跟日頭有關。

　　學習的初衷一般來自兩路，一是「有用」；一是「有趣」。識字有用，懂字有趣，偏偏，有用總是霸凌有趣，有趣也始終等不到轉型正義。研究亦復如此，聰明人膜拜「有用」，不是笨蛋的不聰明人卻總是朝拜「有趣」。信仰不同，祝福各自有異。「有用」論者講CP值，懸樑刺椎做工寫論文，牆上貼著勵句：發表 ── 審查 ── 升等。而「有趣」論者，為情造文，一主題一世界，周旋解謎俯拾成趣。

　　吳華陽老師，是「有趣」的信徒，一手好字不拿來賣錢，一壺好茶不拿來換利。因為寫字，所以愛字；因為愛字，所以探字；因為探字，所以懂字。有趣的人寫有趣的發現，集成有趣的書，給在乎有趣的人。

　　有趣的書，如果不能拿來打敗「有用」，至少可以給「有用」的人生添一筆有趣。

臺北科技大學

陳美妃

2017.06.16

自序

日不是日

　　這本書，是我在臺北科技大學網路學園的教學紀錄。我們北科大說，這叫自製教材上網，網頁上，同學們看到的是簡報，而這本書是詳報。

　　我不是研究漢字的人，我是玩漢字的人。讀帖，是為了寫毛筆字；讀印譜，是為了刻印應酬；看字書，就是為了創作這些作品。幾年前，北科大同事提議要有漢字的課程，也提議要我開課。從此，就有了一門課，既像是文字學，又不像是文字學的課，叫做〈漢字及其藝術〉。

　　我教漢字，不教字書，也沒有教本，所有教材，都在網頁上。字書，只是瞭解漢字的參考資料而已。我想教的是漢字，漢字的生命，也想了一個很科學，也很現代的稱呼，叫做漢字的趨同演化。

　　我要找到一個最佳的切入點，切入漢字的核心。可以結合字帖、印譜、簡帛、金文、甲骨文，當然還有《說文解字》，去探索許多漢字漫長無比的生涯。我要感謝中研院李孝定先生的《甲骨文字集釋》，要感謝周法高先生的《金文詁林》，要感謝丁福保先生的《說文解字詁林》，以及更多研究漢字的前輩。當然還要感謝已然淪為箭靶的《說文解字》，因為這麼多的前賢，讓這樣的教學成為可能。

　　〈日不是日〉，只是一個新的嘗試。未來一定還有更多什麼，什麼不是什麼。讓漢字自己幫自己說話，值得拭目以待。

　　本書所有字樣，旨在示意，為尊重原出版物權益，不圖精美。讀者若要詳究，按圖索驥即可，萬望博雅君子，容與諒察。日本二玄社，出版大量漢字書蹟，方便我們的教學，最後，也要深深致謝。

臺北科技大學

呂華陽

2016.12.15

目　錄

壹

漢字教學與趨同演化

　　日不是日，什麼不是什麼，是否可以成為一種漢字教學的新模式。

　　什麼不是什麼，是我編撰的教材，用在〈漢字及其藝術〉的課程。北科大文化事業發展系，2012年起開設這門課，課程中，開始嘗試「大」不是大，「月」不是月等等專題。經由這些專題，讓同學以現行楷書為起點，比較隸書篆書，甚至金文甲骨文等古代漢字。同學從趨同演化的現象，發現楷書絕不能望字生義，進而有心探索漢字演化的軌跡，隨著一個個什麼不是什麼，期待趨同演化的謎團得以解密，也同步認識了許多古文字與古文化。

　　漢字以象形為根基，所有的字都從象形元件衍生而成。理論上，任何一個字，視其構成元件，就可以望形而得義。其實不然。

　　望形得義，「視而可識，察而見義」，就是許慎《說文解字》據以解析漢字的基礎。我們現今通用的楷書，是長期演化的結果。漢字源遠流長，有系統的漢字，已知至少由甲骨文而金文，由金文而小篆，由小篆而隸書，由隸書而楷書。演化過程中，許多漢字都發生了相當程度的形變；形變之中，趨同演化，尤其是望形得義時最常見的困擾。

　　例如「灬」，就是許多象形趨同演化的結果。大家都知道，「灬」，既是火，也是許多動物的四條腿。熊、魚、燕、無、盡，字字都有「灬」，但是卻都有不同的意義。諸如此類，像「灬」一般的謎團，在漢字系統裏其實所在多有，都是漢字難以望形得義的陷阱。

　　什麼不是什麼，或許不足以解密所有謎團，但是可以把謎團減少。無論如何，至少同學可以知道謎團的存在，虛心看待所有的漢字。望字生義的積習不再，找回漢字的本來面目，說不定，也同時找回了漢字的趣味。

貳

漢字的趨同演化

　　漢字，我們現在所使用的，隱藏著許多問題。許多漢字，字形與字義的連結，是完全不可思議的。簡單說，我們看到寫成日的，並不一定就是太陽；寫成月的，也不一定就是月亮。還有更多，口不一定是嘴，土不一定是土地的土，大也不一定就是大小的大。這些漢字現象，我想稱之為趨同演化。許多原來不同的字形，演化成共用一個相同的字形。因此，望字生義是非常危險的，根據字形，我們往往無法正確揣摩該字的字義。

　　漢字，每個字就像是一個生命，演化就像是成長。漢字成長的軌跡，留下許多珍貴的腳印，循著腳印，或許，我們就可以找到想找的方向。在漢字的路上，走著走著，或許有朝一日，就走成了識途的老馬。哪裡有路口，哪裡有岔路，我們就能畫出一張張演化的地圖，不再走錯路，也不再永遠迷路了。

第一章

日不是曰

「日不是曰」，如果我這樣說，你可能想到的，應該就是「曰」。兩個意思不同的字，寫法是完全一樣的，只不過一個寫得縱長，一個寫得橫扁。可是，這是我們現在寫成的樣子。

《說文解字》日字釋爲：「實也。大昜之精不虧，从○一，象形。」

《說文解字》曰字釋爲：「詞也。从口，乚象口气出也。」

小篆的日字與曰字，原來很不一樣。日字畫的是太陽，外圍是輪廓，中央加上一短橫。曰字畫的是口，口上再加乚形的一筆。

日字的甲骨文與金文，寫法和小篆相同。曰字則不然，小篆的口上並不是加乚，而是一短橫，甲骨文短橫比較置於中央，金文則是靠向右側。日字與曰字，都有明顯的差異。（請見表1-0-1）

表1-0-1　《說文解字》、《甲骨文字集釋》、《金文詁林》

日	曰	日	曰	日	曰
日	曰	日	曰	日	曰
《說文解字》[1]		《甲骨文字集釋》[2]		《金文詁林》[3]	

漢初馬王堆漢墓帛書，字體在篆隸之間，是個很重要的演化時期。日字與曰字的寫法變得比較相近，卻也並不完全相同。今本

---

[1]　《說文解字注》，頁305、204。臺北：藝文印書館。

[2]　《甲骨文字集釋》，卷7，頁2173、卷5，頁1603。臺北：中央研究院歷史語言研究所。

[3]　《金文詁林》，卷7，字0877、卷5，字0597。香港中文大學。

《老子》第二十六章：「君子終日行不離輜重」，〈老子甲本〉與〈老子乙本〉的日字，與甲骨文金文相同。今本《老子》第二十五章：「大曰逝，逝曰遠，遠曰反」，〈老子甲本〉與〈老子乙本〉的曰字，左上角右上角，都稍微向上伸出一點點，與日字有所區別。曰字是在凵中寫兩橫，也與日字顯然不同。（請見表1-0-2）

表1-0-2　〈老子甲本〉、〈老子乙本〉

日	曰	日	曰
〈老子甲本〉[4]		〈老子乙本〉[5]	

　　漢代隸書趨同演化的發展，日字與曰字的寫法已經更為近似，但還是並不完全相同。東漢桓帝永興元年（153）〈乙瑛碑〉：「廿七日」的日字，「讚曰」的曰字；東漢靈帝建寧二年（169）〈史晨碑〉：「十一日」的日字，「孝經援神挈曰」的曰字。曰字左上角都留有明顯的缺口，仍保有像是篆書的樣子，可以與日字有所區別。（請見表1-0-3）

表1-0-3　〈乙瑛碑〉、〈史晨碑〉

日	曰	日	曰
〈乙瑛碑〉[6]		〈史晨碑〉[7]	

---

[4]　〈老子甲本〉，143行、141行。《馬王堆帛書老子試探》，臺北：河洛圖書出版社。

[5]　〈老子乙本〉，241上、240上。

[6]　《乙瑛碑》，頁21、37。日本東京：二玄社。

[7]　《史晨碑》，頁39、13。日本東京：二玄社。

　　桓帝永壽二年（156）〈禮器碑〉：「其文日」的日字，也和馬王堆漢墓帛書相似，左上角右上角都稍微向上伸出。靈帝中平二年（185）〈曹全碑〉：「諺曰」、「咸曰」、「辭曰」的日字，左上角同樣都有明顯的缺口。（請見表1-0-4）

表1-0-4　〈禮器碑〉、〈曹全碑〉

〈禮器碑〉[8]	〈曹全碑〉[9]		

　　唐三藏西天取經，譯經六百五十七部。唐太宗有〈大唐三藏聖教序〉，唐高宗有〈述三藏聖記〉，碑文集王羲之（303-379）所寫的字刻成，俗稱〈集字聖教序〉，並附有唐三藏翻譯的《般若波羅蜜多心經》。文中「慧日」的日字，「三日」的日字，左上角沒有缺口；「六日」的日字，左上角有缺口。「呪曰」的日字，左上角也有缺口。因此，所寫的字究竟是日，或者是曰，無法從字形辨別，只能夠從上下文去推斷。（請見表1-0-5）

表1-0-5　〈集字聖教序〉

日			曰
慧	三	六	呪
〈集字聖教序〉[10]			

8　《禮器碑》，頁18。日本東京：二玄社。

9　《曹全碑》，頁10、19、29。日本東京：二玄社。

10　《集字聖教序》，頁21、30、26、35。日本東京：二玄社。

　　北魏孝明帝熙平二年（517）〈崔敬邕墓誌銘〉：「一日」的日字，「諡曰」的曰字；孝明帝正光元年（520）〈李璧墓誌銘〉：「一日」的日字，「辭曰」的曰字，兩個字左上角都沒有明顯的缺口，甚至日字也沒有比較縱長，曰字也沒有比較橫扁，根本難以區別。隋文帝開皇十七年（597）〈美人董氏墓誌銘〉：「十二日」的日字，「銘曰」的曰字，日字左上角沒有缺口，曰字則有明顯的缺口。（請見表1-0-6）

表1-0-6　〈崔敬邕墓誌銘〉、〈李璧墓誌銘〉、〈美人董氏墓誌銘〉

日	曰	日	曰	日	曰
日	日	日	日	日	曰
〈崔敬邕墓誌銘〉[11]		〈李璧墓誌銘〉[12]		〈美人董氏墓誌銘〉[13]	

　　北魏宣武帝永平四年（511）〈鄭羲下碑〉：「與日永揚」的日字，「公答曰」的曰字；隋文帝仁壽三年（603）〈蘇慈墓誌銘〉：「癸卯朔七日」的日字，「諡曰安公」的曰字；智永〈眞草千字文〉：「日月盈昃」的日字，「曰嚴與敬」的曰字，都寫成比較橫扁。日字左上角沒有缺口，曰字左上角，則有比較明顯的缺口，仍然保有隸書區別兩字的寫法。（請見表1-0-7）

11　《墓誌銘集》上冊，頁63、64。日本東京：二玄社。

12　《墓誌銘集》上冊，頁85、86。

13　《墓誌銘集》下冊，頁44、45。日本東京：二玄社。

表1-0-7　〈鄭羲下碑〉、〈蘇慈墓誌銘〉、〈真草千字文〉

日	曰	日	曰	日	曰
日	曰	日	曰	日	曰
〈鄭羲下碑〉[14]		〈蘇慈墓誌銘〉[15]		〈真草千字文〉[16]	

　　唐太宗貞觀六年（632）歐陽詢〈九成宮醴泉銘〉：「日新」的日字、「東觀漢記曰」的曰字，日字左上角沒有缺口，曰字左上角有缺口。雖然日字沒有比較縱長，曰字也沒有比較橫扁，也還能有所區別。唐代宗大曆十四年（779）顏真卿〈顏勤禮碑〉：「數日」的日字、「制曰」的曰字，也是日字左上角沒有缺口，曰字左上角有缺口。並且日字寫成比較縱長，曰字寫成比較橫扁，兩字有明顯的差異。（請見表1-0-8）

表1-0-8　〈九成宮醴泉銘〉、〈顏勤禮碑〉

日	曰	日	曰
日	曰	日	曰
〈九成宮醴泉銘〉[17]		〈顏勤禮碑〉[18]	

　　宋代刻本，宋神宗元豐三年（1080）出版的《李太白文集》，毛漸跋語：「暇日」的日字、「授於漸曰」的曰字；宋孝宗淳熙八年

14　《鄭羲下碑》，頁158、75。日本東京：二玄社。

15　《墓誌銘集》下冊，頁68。

16　《真草千字文》，頁2、14。日本東京：二玄社。

17　《九成宮醴泉銘》，頁36、26。日本東京：二玄社。

18　《顏勤禮碑》，頁5、27。日本東京：二玄社。

（1181）出版的《文選》，〈子虛賦〉：「今日」的日字、「子虛
曰」的曰字，日字與曰字，左上角都沒有缺口。日字稍長，曰字稍
扁，就是我們現在區別這兩個字的寫法。（請見表1-0-9）

表1-0-9　《李太白文集》、《文選》

日	曰	日	曰
日	曰	日	曰
《李太白文集》[19]		《文選》[20]	

第一節　東（束、縛、甫）、重、動、量：曰不是日，原來是？

　　東方，是日出的方向。因此，東字中央的日，毫無疑問的，會
讓我們認為一定就是太陽了。東字，不只是我們常用的字，像是重
字、動字、量字、曹字，也都是常用的字，字裡面也都包含有東。

　　《說文解字》東字釋為：「動也，從日在木中」，《說文解字
注》說：「日在木中曰東，在木上曰杲，在木下曰杳」。東字，看起
來就像是把日寫在木的中央，而且又有杲字與杳字，把東字中央的日
視為太陽，似乎是理所當然的。其實，方位是抽象的，東西南北都
是，並非利用象形來造字。《說文解字》東部，只有兩個字，一個是
東，一個從二東。兩個東字並列，當然不可能說那是兩棵樹，樹上各
有一個太陽。用兩個東字來指稱方位，也絕不可能。

　　甲骨文與金文的東字，你一看就要傻眼了，東字中央並不是日。

19　《李太白文集》，頁686。臺北：學生書局。
20　《文選》，頁121。臺北：石門圖書公司。

甲骨文東字，日不像日，木不像木，中央交疊處也不像田。有的是斜線，有的是斜向交錯的線，有的是兩條平行的線。金文東字，有的還甚至是交錯成網狀的線。甲骨文與金文的東字，看起來原來應該是個包裹，中央膨大的部分，就是包裹，上下有束縛包裹的繩子。就像是糸字，上半是束結在一起的線，下半就是散開的餘緒。（請見表1-1-1）

表1-1-1　《說文解字》、《甲骨文字集釋》、《金文詁林》

東	東	東	東	東	東	東	東
《說文解字》[21]	《甲骨文字集釋》[22]				《金文詁林》[23]		

　　《說文解字》束字釋為：「縛也，从口木」。甲骨文束字，與《說文解字》小篆的束字相似；金文束字，有些大不相同，你一看也是就要傻眼了。束字上下，我們認為應該是木的斜線，竟然在中央交錯，與有些甲骨文的東字一樣，甚至，我們認為應該是木的縱線，還竟然是分開的。金文束字，看起來顯然並不是从木，束縛的束字，與東字一樣，可能也是個包裹。（請見表1-1-2）

表1-1-2　《說文解字》、《甲骨文字集釋》、《金文詁林》

束	束	束	束	束
《說文解字》[24]	《甲骨文字集釋》[25]	《金文詁林》[26]		

---

[21] 《說文解字注》，頁273。

[22] 《甲骨文字集釋》，卷6，頁2029。

[23] 《金文詁林》卷6，字0782。

[24] 《說文解字注》，頁278。

[25] 《甲骨文字集釋》，卷6，頁2105。

[26] 《金文詁林》卷6，字0801。

更有意思的是，縛字所指稱的，恐怕也是包裹。《說文解字》縛字釋爲：「束也。从糸，専聲」。縛字右上角是甫，看起來似乎與東字無關。但是束字與東字如果都是包裹，束字縛字又互訓，則縛字可能也應當與東字有關。

《說文解字》甫字釋爲：「男子之美偁也。从用父，父亦聲」。甲骨文甫字，从田从屮，與《說文解字》小篆的甫字不同。甲骨文甫字，就是苗圃的圃字；金文甫字，有的从田从屮，有的从田从父，成爲形聲字，有的再演化成从用从父。（請見表1-1-3）

表1-1-3　《說文解字》、《甲骨文字集釋》、《金文詁林》

甫	甫	甫	甫	甫	甫
《說文解字》[27]	《甲骨文字集釋》[28]	《金文詁林》[29]			

甲骨文與金文，从田从屮的甫字，與東字形近。縛字右上角的甫，應該不是苗圃。束字與東字，象包裹束其兩端，縛字右上角的甫，象包裹束其一端。束字與縛字，只是束縛小異，原來都指的是包裹。

《十鐘山房印舉》〈套印一〉：〈郝博私印〉，〈套印二〉：〈劉博印〉，〈姓二名五〉：〈王博士〉印，都有博字。我們現在博字右上角都寫成甫，印文博字右上角，都像甲骨文甫字，並不是从用从父，與《說文解字》小篆的甫字不同。《十鐘山房印舉》〈兩面三〉有〈張捕〉印，捕字右半的甫，才是从用从父。（請見表1-1-4）

27　《說文解字注》，頁129。

28　《甲骨文字集釋》，卷3，頁1119。

29　《金文詁林》卷3，字0451。

表1-1-4　《十鐘山房印舉》、《說文解字》

博	博	博	蒲	博
《十鐘山房印舉》[30]				《說文解字》[31]

　　漢初馬王堆漢墓帛書，今本《老子》第八十一章：「知者不博」，〈老子乙本〉的博字，右上角並不寫成甫。漢代隸書，東漢桓帝永壽二年（156）〈禮器碑〉：「王襃文博千」的博字，靈帝建寧四年（171）〈西狹頌〉：「博愛」的博字，靈帝中平二年（185）〈曹全碑〉：「博士」的博字，右上角也都不是寫成甫。（請見表1-1-5）楷書博字，北魏孝明帝正光元年（520）〈李璧墓誌銘〉：「博士」的博字，右上角也仍然不是寫成甫。

　　〈禮器碑〉：「魯傳世」的傳字，與「孔儀甫」的甫字不同，傳字右上角並沒有寫成甫。智永所寫的〈眞草千字文〉：「外受傳訓」的傳字，與「捕獲叛亡」的捕字不同，傳字右上角也沒有寫成甫。（請見表1-1-6）

表1-1-5　〈老子乙本〉、〈禮器碑〉、〈西狹頌〉、〈曹全碑〉

博	博	博	博
〈老子乙本〉[32]	〈禮器碑〉[33]	〈西狹頌〉[34]	〈曹全碑〉[35]

---

[30] 《十鐘山房印舉》，冊1，頁416、423。冊2，頁790。冊1，頁443。臺北：文史哲出版社。

[31] 《說文解字注》，頁89。

[32] 〈老子乙本〉，行205下。

[33] 《禮器碑》，頁43。

[34] 《西狹頌》，頁12。日本東京：二玄社。

[35] 《曹全碑》，頁34。

表1-1-6　〈李璧墓誌銘〉、〈禮器碑〉、〈真草千字文〉

愽	傅	甫	傅	捕
〈李璧墓誌銘〉[36]	〈禮器碑〉[37]		〈真草千字文〉[38]	

　　〈西狹頌〉：「面縛」的縛字，與〈曹全碑〉：「面縛」的縛
字，右上角也都不是寫成甫，與「考甫之美」的甫字不同。唐武宗會
昌元年（841）柳公權〈玄秘塔碑〉：「縛吳幹」的縛字，楷書也是
這樣寫。（請見表1-1-7）

表1-1-7　〈西狹頌〉、〈曹全碑〉、〈玄秘塔碑〉

縛	縛	甫	縛
〈西狹頌〉[39]	〈曹全碑〉[40]		〈玄秘塔碑〉[41]

　　《說文解字》重字釋為：「厚也。从壬，東聲。」小篆重字，中
央有東。壬字，是一個人側面站立的樣子。金文重字，有从人从甫
的，有从人从東的，也有从壬从東的。都象一個人攜帶包裹，裝了很
多東西的包裹，所以很重。

　　漢初馬王堆漢墓帛書，〈戰國縱橫家書〉：「所處者重」的重
字；今本《老子》第八十章：「使民重死而不遠徙」，〈老子甲

36　《墓誌銘集》〈上〉，頁74。

37　《禮器碑》，頁35、68。

38　《真草千字文》，頁19、47。

39　《西狹頌》，頁20。

40　《曹全碑》，頁15、28。

41　《玄秘塔碑》，頁25。日本東京：二玄社。

本〉的重字，也是寫成中央有東。但〈老子乙本〉的重字，就寫成隸
書的樣子。（請見表1-1-8至1-1-9）

表1-1-8　《說文解字》、《金文詁林》、〈戰國縱橫家書〉

重	曶	東	重	重
《說文解字》[42]	《金文詁林》[43]			〈戰國縱橫家書〉[44]

　　東漢桓帝永興元年（153）〈乙瑛碑〉：「若重規□」的重字，
〈曹全碑〉：「重親致歡」的重字，「同時並動」的動字，已經都像
是我們現在的楷書，看不出中央的東了。《說文解字》釋東為動，我
們以為動的是太陽。重字从壬从東，可見動的是人，是一個費力拿著
大包裹的人。（請見表1-1-9）

表1-1-9　〈老子甲本〉、〈老子乙本〉、〈乙瑛碑〉、〈曹全碑〉

重	重	重	重	動
〈老子甲本〉[45]	〈老子乙本〉[46]	〈乙瑛碑〉[47]	〈曹全碑〉[48]	

　　《說文解字》重部有量字，从重省，釋為「稱輕重」。金文量

---

[42] 《說文解字注》，頁392。

[43] 《金文詁林》卷8，字1119。

[44] 《木簡・竹簡・帛書》，頁12。日本東京：二玄社。

[45] 〈老子甲本〉，行64。

[46] 〈老子乙本〉，行204下。

[47] 《乙瑛碑》，頁40。

[48] 《曹全碑》，頁10、18。

字，很容易看出來中央也有東，也是個大包裹。楷書量字，東晉穆帝永和四年王羲之（348）〈樂毅論〉：「欲極道之量」的量字、北魏孝莊帝普泰元年（531）〈張玄墓誌銘〉：「識量沖遠」的量字，量字中央就看不到東了。（請見表1-1-10）

表1-1-10　《說文解字》、《金文詁林》、〈樂毅論〉、〈張玄墓誌銘〉

量	量	量	量
《說文解字》[49]	《金文詁林》[50]	〈樂毅論〉[51]	〈張玄墓誌銘〉[52]

漢代篆書，《十鐘山房印舉》〈官印一〉：〈城東相印〉的東字，〈官印二〉：〈東郡守丞〉印的東字，東漢和帝永元四年（92）〈袁安碑〉：「東平」的東字，安帝元初四年（117）〈祀三公山碑〉：「治東」的東字，如同《說文解字》所釋，東字從日在木中，都像是把日寫在木的中央。〈城東相印〉與〈祀三公山碑〉的東字，東的下半，已經漸有未來隸書的樣子。（請見表1-1-11）

表1-1-11　《十鐘山房印舉》、〈袁安碑〉、〈祀三公山碑〉

東	東	東	東
《十鐘山房印舉》[53]		〈袁安碑〉[54]	〈祀三公山碑〉[55]

49　《說文解字注》，頁392。

50　《金文詁林》卷8，字1120。

51　《魏晉唐小楷集》，頁19。日本東京：二玄社。

52　《墓誌銘集》〈下〉，頁34。

53　《十鐘山房印舉》，冊1，頁101、106。

54　《袁安碑・袁敞碑》。日本東京：二玄社。

55　《祀三公山碑・裴岑紀功頌》。日本東京：二玄社。

　　漢代隸書，東漢靈帝熹平六年（177）〈尹宙碑〉：「東平」的東字，靈帝中平三年（186）〈張遷碑〉：「周公東征」的東字，都是把日寫在木的中央。北魏孝文帝太和二十年（496）〈元楨墓誌銘〉：「惠結東氓」的東字，唐太宗貞觀六年（632）歐陽詢〈九成宮醴泉銘〉：「東觀漢記」的東字，楷書也都是這樣寫了。（請見表1-1-12）

表1-1-12　〈尹宙碑〉、〈張遷碑〉、〈元楨墓誌銘〉、〈九成宮醴泉銘〉

東	東	東	東
〈尹宙碑〉[56]	〈張遷碑〉[57]	〈元楨墓誌銘〉[58]	〈九成宮醴泉銘〉[59]

第二節　曹、槽、糟、漕：日不是日，原來是？

　　曹字，古文字和現在所寫的楷書很不一樣。曹字上半，原來有兩個東。

　　我們現在使用曹字，就是用在姓曹。曹字的用處原來很多，用作國名，用作官府，用作官職，還用作爾曹。曹字上半，是兩個東，東是包裹的話，兩個東應該就是有很多包裹。兩個東字中央的日，並不是太陽。曹字下半寫成像是日的，也並不是太陽。

　　《說文解字》曹字釋為：「獄之兩曹」，是官府的意思。曹字

---

[56]　《漢尹宙碑》，頁18。臺北：天山出版社。
[57]　《張遷碑》，頁27。日本東京：二玄社。
[58]　《墓誌銘集》〈上〉，頁13。
[59]　《九成宮醴泉銘》，頁26。

上半的兩個東，釋爲「廷東」。曹字下半釋爲曰，是「治事」的意思。甲骨文與金文，曹字下半並不是曰，甲骨文寫成像是口，金文的口中又加了一點。（請見表1-2-1）

表1-2-1　《說文解字》、《甲骨文字集釋》、《金文詁林》

《說文解字》[60]	《甲骨文字集釋》[61]	《金文詁林》[62]

　　曹字，應該就是我們現在所說的槽。曹字下半的曰，是個大型的容器。曹字上半的兩個東，是裝了許多物品的包裹。槽可以容納大量的物品，《說文解字》糟字釋爲：「酒滓」，就是用大型的容器來釀酒。《說文解字》糟字的籀文从酉，糟字的曰也可以寫成酉的話，酉就是容器；《說文解字》漕字釋爲：「水轉穀」，也釋爲「人之所乘及船」。漕字指的是水路用船來運輸，客貨兩用，因此漕字的曰就是船，也像個大型的容器。

　　《十鐘山房印舉》〈周秦六〉：〈曹□〉印，〈周秦九〉：〈曹□〉印，〈姓名七〉：〈曹嗣〉印，〈曹福〉印。篆書曹字，上半都是兩個東，曹字下半並不是曰，也不像是《說文解字》小篆的曰，其實就是容器。〈曹福〉印，東上端寫成像是中的，已被簡化爲一橫。（請見表1-2-2）

60　《說文解字注》，頁205。

61　《甲骨文字集釋》，卷5，頁1607。

62　《金文詁林》卷5，字0599。

表1-2-2　《說文解字》、《十鐘山房印舉》

糟		漕	曹			
《說文解字》[63]			《十鐘山房印舉》[64]			

　　漢代篆書隸書，東漢安帝元初四年（117）〈祀三公山碑〉：「遭離」的遭字，兩個東簡化，省去東下半的巾，東的屮與日，也並不相連。桓帝建和二年（148）〈石門頌〉：「中曹」的曹字、「中遭」的遭字，東上半的屮都簡化爲十，又省略東下半的巾，曹字兩個東十十相連，遭字還把日日相連。東被簡化的現象，也許可能這樣認爲，東字的木並不是木。曹字篆書原來有兩個東，寫成我們現在的楷書曹字，這些篆書隸書的簡化現象，就是過渡時期的演化歷程。（請見表1-2-3）

表1-2-3　〈祀三公山碑〉、〈石門頌〉

	曹	遭
〈祀三公山碑〉[65]		〈石門頌〉[66]

　　漢代隸書，桓帝延熹二年（159）〈張景碑〉：「曹掾」的曹字，上半與小篆相同，寫成兩個東，只是東上端的屮簡化成一。桓帝

63　《說文解字注》，頁335、571。

64　《十鐘山房印舉》，冊1，頁273、295。冊2，頁587。

65　《祀三公山碑·裴岑紀功頌》。

66　《石門頌》，頁78、18。日本東京：二玄社。

永興元年（153）〈乙瑛碑〉：「曹掾」的曹字，永壽二年（156）隸書〈禮器碑〉：「曹悝」的曹字，靈帝建寧二年（169）〈史晨碑〉：「功曹史」與「曹掾」的曹字，建寧四年（171）〈西狹頌〉：「功曹」的曹字，曹字上半都寫成像是甲骨文金文的甫字。兩個東簡化成一個，東下半的巾也省略了。兩個包裹，只剩不到一個，寫成最簡化的曹字。（請見表1-2-4）

表1-2-4　〈張景碑〉、〈乙瑛碑〉、〈禮器碑〉、〈史晨碑〉、〈西狹頌〉

〈張景碑〉[67]	〈乙瑛碑〉[68]	〈禮器碑〉[69]	〈史晨碑〉[70]	〈西狹頌〉[71]

　　靈帝中平二年（185）〈曹全碑〉，碑文中的曹字有四種寫法。「曹國」與「曹參」，曹字上半有兩個東，東的上端簡化，都寫成一橫。「廷曹」與「曹掾」，寫成極簡化的曹字。（請見表1-2-5）

表1-2-5　〈曹全碑〉

〈曹全碑〉[72]			

67　《漢張景碑》，臺北：天山出版社。

68　《乙瑛碑》，頁9。

69　《禮器碑》，頁64。

70　《史晨碑》，頁48。

71　《西狹頌》，頁57。

72　《曹全碑》，頁3、27、43、36。

　　碑陰有許多「功曹」與「曹史」的曹字，就很像我們現在楷書所寫的樣子。曹字上半，兩個東合併成一個，只保留兩條東的縱線，省略東下端的四點。有些曹字的縱線貫穿日，有些不貫穿日。不貫穿日的，就是未來楷書所寫的樣子。〈曹全碑〉曹字並用四種寫法，在這個時期，從篆書轉換成隸書，可以看到多樣與快速的演化現象。

　　楷書曹字，王羲之（303-379）〈孝女曹娥碑〉的曹字，南朝宋孝武帝大明二年（458）〈爨龍顏碑〉：「功曹」的曹字，北魏孝明帝正光三年（522）〈張猛龍碑〉：「功曹」的曹字，北魏太武帝（423-452）〈中岳嵩高靈廟碑〉：「欣遭大明之世」的遭字，也還有寫成極簡化的曹。（請見表1-2-6）

表1-2-6　〈孝女曹娥碑〉、〈爨龍顏碑〉、〈張猛龍碑〉、〈中岳
　　　　　嵩高靈廟碑〉

曹	曹	曹	遭
〈孝女曹娥碑〉[73]	〈爨龍顏碑〉[74]	〈張猛龍碑〉[75]	〈中岳嵩高靈廟碑〉[76]

　　龍門二十品，北魏宣武帝景明三年（502）〈孫秋生劉起祖等造像記〉：「功曹」的曹字，〈魏靈藏薛法紹造像記〉：「功曹」的曹字，隋文帝仁壽三年（603）〈蘇慈墓誌銘〉：「五曹」的曹字，都寫成我們現在所寫的樣子了。（請見表1-2-7）

---

[73]　《魏晉唐小楷集》，頁36。

[74]　《爨寶子碑‧爨龍顏碑》，頁95。日本東京：二玄社。

[75]　《張猛龍碑》，頁46。日本東京：二玄社。

[76]　《中岳嵩高靈廟碑》。日本東京：二玄社。

表1-2-7　〈孫秋生劉起祖等造像記〉、〈魏靈藏薛法紹造像記〉、
　　　　　〈蘇慈墓誌銘〉

曹	曹	曹
〈孫秋生劉起祖等造像記〉[77]	〈魏靈藏薛法紹造像記〉[78]	〈蘇慈墓誌銘〉[79]

　　唐代宗大曆十四年（779）顏眞卿〈顏勤禮碑〉：「曹王」、「兵曹」、「法曹」的曹字，寫成極簡化的曹；「曹王」、「鎧曹」的曹字，寫成我們現在所寫的樣子。同一件作品，甚至都是「曹王」，還會寫出兩種不同的曹字，由此可見，當時這兩種曹字是可以通用的。（請見表1-2-8）

表1-2-8　〈顏勤禮碑〉

曹王	兵曹	法曹	曹王	鎧曹
〈顏勤禮碑〉[80]				

第三節　魯：日不是日，原來是？

　　魯字，也和曹字一樣，我們現在用在姓魯；也知道魯字會用作地名，用作國名，是孔子的國家。除此之外，就是粗魯了。《說文解

---

[77]　《龍門二十品》〈下〉，頁4。日本東京：二玄社。

[78]　《龍門二十品》〈上〉，頁45。日本東京：二玄社。

[79]　《墓誌銘集》〈下〉，頁72。

[80]　《顏勤禮碑》，頁41、65、80、28、22。

字》魯字釋爲：「鈍詞」，從白。舉《論語》：「參也魯」，用來說明魯字的意思。魯鈍，這樣抽象的意思，恐怕並不是魯字的本義。其實，也許我們都把孔子讚許曾子的話，看成了有點負面的評語。誤解魯字，也誤解了孔子的美意。

　　甲骨文魯字，和曹字一樣，下半是口。金文有很多魯字，下半有的是口，有的是甘，有的是魚尾與口合併，也有下半像是白，與《說文解字》小篆相同。魯字上半都有魚，一定是和魚有關，可是都被忽略了。魯字下半，我們現在寫成日，當然也不是太陽。（請見表1-3-1）

表1-3-1　《說文解字》、《甲骨文字集釋》、《金文詁林》

《說文解字》[81]	《甲骨文字集釋》[82]	《金文詁林》[83]					

　　《說文解字》有鮺字，小篆寫成從魚，差省聲，釋爲「藏魚」。《說文解字》魯字，從白，從小篆鮺省聲。其實，魯字也和曹字一樣，下半也是容器。用容器裝魚，是醃漬魚的意思，也就是「藏魚」的意思。醃漬的魚，味道比鮮魚更濃縮，更厚實。因此，孔子以「魯」讚許曾子，應該是說曾子很敦厚的意思。

　　《說文解字》魯字，並不在魚部，完全忽略魯字上半是魚。魯字下半從白，釋白爲自。因此，釋魯字爲說話，從鼻孔出气，白的意思就等於是日。

　　《十鐘山房印舉》〈姓名二十三〉：〈王魯〉印，小篆魯字下半

81　《說文解字注》，頁138：魯、頁586：鮺。

82　《甲骨文字集釋》，卷4，頁1211。

83　《金文詁林》卷4，字0475。

似乎从白。〈姓二名七〉：〈魯君以〉印，〈姓二名印三〉：〈魯常使印〉，〈姓名之印八〉：〈魯廣之印〉，魯字的下半，都像是小篆甘字，不是白，也不是日。漢初馬王堆漢墓帛書〈春秋事語〉中，魯桓公、魯國的魯字，小篆也是這樣寫。《說文解字》小篆魯字下半从白，可能是魚尾與口合併而成的。（請見表1-3-2）

表1-3-2　《十鐘山房印舉》、〈春秋事語〉

魯	魯	魯	魯	魯	魯
《十鐘山房印舉》[84]				〈春秋事語〉[85]	

漢代隸書，東漢桓帝永興元年（153）〈乙瑛碑〉：「魯前相瑛」的魯字，永壽二年（156）〈禮器碑〉：「居魯親里」的魯字，建寧二年（169）〈史晨碑〉：「魯孔暢」的魯字，靈帝中平三年（186）〈張遷碑〉：「奚斯讚魯」的魯字，上半都是寫成魚，下半也都沒有寫成白，也不是日。（請見表1-3-3）

表1-3-3　〈乙瑛碑〉、〈禮器碑〉、〈史晨碑〉、〈張遷碑〉

魯	魯	魯	魯
〈乙瑛碑〉[86]	〈禮器碑〉[87]	〈史晨碑〉[88]	〈張遷碑〉[89]

84　《十鐘山房印舉》，冊2，頁701、807、869；冊3，頁1102。

85　《木簡‧竹簡‧帛書》，頁10、11。

86　《乙瑛碑》，頁2。

87　《禮器碑》，頁7。

88　《史晨碑》，頁47。

89　《張遷碑》，頁27。

　　楷書魯字，北魏孝明帝正光元年（520）〈李璧墓誌銘〉：「魯衛」的魯，正光三年（522）〈張猛龍碑〉：「魯郡」的魯，隋文帝開皇十七年（597）〈美人董氏墓誌銘〉：「來儀魯殿」的魯，上半都寫成魚，下半寫成像是日。而魚尾的灬，就簡化爲像是草書的樣子，寫成了一橫。（請見表1-3-4）

表1-3-4　〈李璧墓誌銘〉、〈張猛龍碑〉、〈美人董氏墓誌銘〉

魯	魯	魯
〈李璧墓誌銘〉[90]	〈張猛龍碑〉[91]	〈美人董氏墓誌銘〉[92]

　　唐太宗貞觀二年（628），虞世南〈孔子廟堂碑〉：「魯道日衰」的魯，貞觀十二年（638）褚遂良〈孟法師碑〉：「登山而小魯」的魯，代宗大曆十四年（779），顏眞卿〈顏勤禮碑〉：「魯郡」的魯，上半都寫成魚，下半就更像是日了。（請見表1-3-5）

表1-3-5　〈孔子廟堂碑〉、〈孟法師碑〉、〈顏勤禮碑〉

魯	魯	魯
〈孔子廟堂碑〉[93]	〈孟法師碑〉[94]	〈顏勤禮碑〉[95]

---

[90] 《墓誌銘集》〈上〉，頁78。

[91] 《張猛龍碑》，頁2。

[92] 《墓誌銘集》〈下〉，頁41。

[93] 《孔子廟堂碑》，頁8。日本東京：二玄社。

[94] 《孟法師碑》，頁13。日本東京：二玄社。

[95] 《顏勤禮碑》，頁67。

第四節　曾、會、層、增：日不是日，原來是？

　　曾字，也和曹字魯字一樣，我們現在常用在姓曾，此外，用得最多的，就是曾經的曾。姓曾，或者是曾經，都是曾字被應用的意思；曾字，原來應該就是甑，是一種炊具。

　　《說文解字》甑字釋爲：「甗也。從瓦，曾聲」。《周禮》〈冬官考工記下〉，陶人爲甗爲甑，甑有「七穿[96]」，《說文解字注》：「甑，所以炊烝米爲飯者，其底七穿，故必以箄蔽於甑底，而加米於上，而餴之，而餾之。[97]」箄是有孔的承板，甑是蒸飯用的蒸鍋。甑有上下兩層，中間架著有孔的承板。下層裝水的鍋，水煮沸之後，蒸氣透過承板，蒸熟上層的食物。

　　甑分爲上下兩層，所以也從曾延伸出層字。《說文解字》層字釋爲：「重屋也。從尸，曾聲。[98]」稱呼上下兩層的房屋，用的就是甑的概念。甑是上下兩層，堆疊起來使用，所以也從曾延伸出堆疊的意思。《說文解字》增字釋爲：「益也。從土，曾聲。[99]」今本《老子》第六十四章：「九層之台，起於累土。」累土，就是增的意思。

　　《說文解字》曾字釋爲：「詞之舒也，從八，從日。」從八，是口中出气；從日，是把甑下層的容器釋爲說話，以至於曾字被解讀成語氣。甲骨文曾字，寫成像是田的，應該是蒸鍋的承板；寫成像是日的，應該是蒸鍋；寫成像是八的，應該就是蒸氣。金文曾字有三層，上層像是八的，應該是蒸氣；中央寫成像是田的，應該也是蒸鍋

96　《周禮注疏及補正》，卷41。臺北：世界書局。

97　《說文解字注》，頁644。

98　《說文解字注》，頁405。

99　《說文解字注》，頁696。

的承板；下層寫成像是口，或者寫成像是甘的，應該是蒸鍋。（請見表1-4-1至1-4-2）

戰國時期的〈曾侯乙編鐘〉，曾字下半寫成口。《十鐘山房印舉》〈臣名等五〉：〈張曾何〉印，〈五面六面〉：〈山曾印信〉，曾字下半都像是橫扁的日。（請見表1-4-2）

表1-4-1　《說文解字》、《甲骨文字集釋》

曾	甑	曾	
《說文解字》[100]		《甲骨文字集釋》[101]	

表1-4-2　《金文詁林》、〈曾侯乙編鐘〉、《十鐘山房印舉》

《金文詁林》[102]		〈曾侯乙編鐘〉[103]		《十鐘山房印舉》[104]	

漢代隸書，東漢靈帝建寧二年（169）〈史晨碑〉：「增異輒上」的增字，曾的下半寫成像是甘；靈帝中平二年（185）〈曹全碑〉：「曾祖父」的曾字，曾的下半則寫成像是日；楷書曾字，北魏孝文帝太和十二年（488）〈暉福寺碑〉：「曾是暉福」的曾字，

---

[100] 《說文解字注》，頁49、644。

[101] 《甲骨文字集釋》，卷2，頁0253。

[102] 《金文詁林》卷2，字0087。

[103] 《甲骨文·金文》，頁98。

[104] 《十鐘山房印舉》，冊3，頁1287、冊1，頁401。

宣武帝延昌二年（513）〈元顯儁墓誌銘〉：「曾閔淳孝」的曾字。
（請見表1-4-3）

表1-4-3　〈史晨碑〉、〈曹全碑〉、〈暉福寺碑〉、〈元顯儁墓誌銘〉

増	曽	曾	曾
〈史晨碑〉[105]	〈曹全碑〉[106]	〈暉福寺碑〉[107]	〈元顯儁墓誌銘〉[108]

　　北魏孝明帝神龜二年（519）〈元琰妻穆玉容墓誌銘〉：「曾
祖」的曾字，孝明帝正光元年（520）〈李璧墓誌銘〉：「曾祖」的
曾字，孝明帝正光二年（521）〈司馬顯姿墓誌銘〉：「曾祖」的
曾字，曾字下半的日，有的縱長，有的橫扁。當然，這些日都不是
日，也不是曰，而是容器，也就是蒸鍋。（請見表1-4-4）

表1-4-4　〈元琰妻穆玉容墓誌銘〉、〈李璧墓誌銘〉、〈司馬顯姿
墓誌銘〉

曾	曾	曾
〈元琰妻穆玉容墓誌銘〉[109]	〈李璧墓誌銘〉[110]	〈司馬顯姿墓誌銘〉[111]

---

[105] 《史晨碑》，頁28。
[106] 《曹全碑》，頁6。
[107] 《暉福寺碑‧馬鳴寺根法師碑》，日本東京：二玄社。
[108] 《墓誌銘集》〈上〉，頁18。
[109] 《墓誌銘集》〈下〉，頁2。
[110] 《墓誌銘集》〈上〉，頁91。
[111] 《墓誌銘集》〈下〉，頁19。

　　篆書曾字，中央寫成像是田的承板，隸書也寫成田。北魏楷書，有的寫成田，有的口內寫成像是八，有的口內寫成像是小；寫成像是田，寫成像是八，寫成像是小，都表示承板有孔，也就是穿。

　　唐代楷書，太宗貞觀十一年（637）歐陽詢〈皇甫誕碑〉：「曾祖」的曾字，貞觀十二年（638）褚遂良〈孟法師碑〉：「齊聲於曾閔」的曾字，代宗大曆十四年（779）顏真卿〈顏勤禮碑〉：「曾孫」的曾字，曾字中央都寫成像是田，曾字下半也都寫成像是日。（請見表1-4-5）

表1-4-5　〈皇甫誕碑〉、〈孟法師碑〉、〈顏勤禮碑〉

曾	曾	曾
〈皇甫誕碑〉[112]	〈孟法師碑〉[113]	〈顏勤禮碑〉[114]

　　金文會字與曾字相似，中央也像是曾字蒸鍋的承板，有寫成像是田的，有分成兩格的。承板上點六點，點三點，點可能畫的是承板有孔，也就是穿。下層寫成像是口，或者寫成像是甘，與曾字相同，可能也是蒸鍋。不同的是，曾字上層寫成像是八，會字上層寫成像是亼。像是亼的，可能是蒸鍋的蓋子。《說文解字》會字釋為：「合也。从亼，曾省。」會字从曾省，也是把會字的下層視為日。（請見表1-4-6）

---

[112] 《皇甫誕碑》，頁9。日本東京：二玄社。

[113] 《孟法師碑》，頁7。

[114] 《顏勤禮碑》，頁51。

表1-4-6　《金文詁林》、《說文解字》

	《金文詁林》[115]		《說文解字》[116]

　　漢初馬王堆漢墓帛書，今本《老子》第五十五章：「未知牝牡之合」，〈老子乙本〉合寫成會，會字中央寫成像是田，下層寫成像是甘，或者是日。

　　《說文解字》會字釋爲合，〈老子乙本〉適可參照。

　　漢代隸書，桓帝建寧二年（169）〈史晨碑〉：「於昌平亭下立會市」的會字，建寧四年（171）〈西狹頌〉：「無對會之事」的會字，靈帝熹平六年（177）隸書〈尹宙碑〉：「會稽大守」的會字，會字中央都寫成像是田，下層都寫成甘。（請見表1-4-7）

表1-4-7　〈老子乙本〉、〈史晨碑〉、〈西狹頌〉、〈尹宙碑〉

〈老子乙本〉[117]	〈史晨碑〉[118]	〈西狹頌〉[119]	〈尹宙碑〉[120]

　　楷書會字，下層比隸書縱長，都寫成更像是日。北魏宣武帝延昌

---

[115] 《金文詁林》卷5，字0693。

[116] 《說文解字注》，頁225。

[117] 〈老子乙本〉，191上。

[118] 《史晨碑》，頁62。

[119] 《西狹頌》，頁19。

[120] 《漢尹宙碑》，頁19。

二年（513）〈元顯儁墓誌銘〉：「無不欲會其文」的會，隋文帝仁
壽三年（603）〈蘇慈墓誌銘〉：「世子會昌」的會字，唐玄宗天寶
十一年（752）顏眞卿〈多寶塔碑〉：「會逾萬人」的會字，武宗會
昌元年（841）柳公權〈玄秘塔碑〉：「會昌」的會字，這些會字下
層都寫成更像是日了。（請見表1-4-8）

表1-4-8　〈元顯儁墓誌銘〉、〈蘇慈墓誌銘〉、〈多寶塔碑〉、
　　　　　〈玄秘塔碑〉

會	會	會	會
〈元顯儁墓誌銘〉[121]	〈蘇慈墓誌銘〉[122]	〈多寶塔碑〉[123]	〈玄秘塔碑〉[124]

　　宋神宗元豐三年（1080）出版的《李太白文集》，〈長干
行〉：「憶妾深閨裏，煙塵不曾識」的曾字，〈桓公井〉：「桓公
井已古，廢井曾未竭」的曾字，〈李太白文集後序〉「曾鞏」的曾
字，中央都寫成像是田，下層都寫成像是日。〈將進酒〉：「會須一
飲三百杯」的會字，〈清平調〉：「會向瑤臺月下逢」的會字，也是
這樣寫。
　　宋孝宗淳熙八年（1181）出版的《文選》，〈離騷經〉：「曾
歔欷余鬱邑兮」的曾字，〈文選序〉：「積水曾微增冰之凜」的曾
字，中央也都寫成像是田，下層都寫成像是日。〈古詩〉：「道路阻
且長，會面安可知」的會字，蘇子卿〈詩〉：「嘉會難兩遇，懽樂殊

---

[121] 《墓誌銘集》〈上〉，頁19。

[122] 《墓誌銘集》〈下〉，頁70。

[123] 《多寶塔碑》，頁18。日本東京：二玄社。

[124] 《玄秘塔碑》，頁16。

未央」的會字，魏文帝〈雜詩〉：「惜哉時不遇，適與飄風會」的會
字，也都是這樣寫。（請見表1-4-9）

表1-4-9　《李太白文集》、《文選》

曾	會	曾	會
曾	會	曾	會
《李太白文集》[125]		《文選》[126]	

　　宋代出版的《廣韻》，下平聲〈登第十七〉有兩個曾字。一個在
增聲，舉曾參為例，是姓；一個在層聲，是曾經的曾。曾字中央都寫
成像是田，與宋代出版的《李太白文集》、《文選》相同。清康熙
四十三年（1704）再版的重刊《廣韻》，增聲的曾，中央寫成像是
田；層聲的曾，中央口內則寫成像是小。兩個曾字，寫成不同的樣
子。我們現在所寫的楷書，所有曾字都一樣，與《說文解字》小篆相
似。曾字中央，口內都寫成像是小，並沒有寫成重刊《廣韻》所主張
的兩種寫法。（請見表1-4-10）

表1-4-10　宋本《廣韻》、重刊《廣韻》

曾參	曾經	曾參	曾經
曾	曾	曾	曾
宋本《廣韻》[127]		重刊《廣韻》[128]	

---

[125] 《李太白文集》，頁132、476、686、103、148。

[126] 《文選》，頁467、1、416、421、422。

[127] 四部叢刊初編，宋本《廣韻》。臺北：商務印書館。

[128] 重刊《廣韻》，頁201。臺北：藝文印書館。

第五節　香、旨、嘗、厭：日不是日，原來是？

　　香、旨、嘗、厭，四個字都有寫得像是日或曰的部分，那到底是什麼？香字，我們現在的寫法，上半是禾，下半寫成像是日或者是曰的樣子。如果望字生義的話，可能就會以為，那應該是田裡的農作物散發著陽光的香味。

　　《說文解字》香字釋為：「芳也。从黍从甘。春秋傳曰：黍稷馨香。」黍字與甘字合成一字，是穀物很美味的意思。我們現在所寫的香字，就是把小篆上半的黍簡化成禾，把下半的甘寫成了日。甲骨文香字，下半从口，上半从黍，或从來。來字，就是我們現在所說的麥。

　　《甲骨文字集釋》釋口為盛裝黍稷的容器，曹字魯字下半从口，同樣也是容器。金文曹字魯字，下半有些从口，有些从甘，也是容器的意思。釋香字的下半从口，或者是从甘，差別就在於有沒有把穀物放入口中。从口，口是容器，則香字屬於嗅覺；从甘的話，則香字就屬於味覺了。（請見表1-5-1）

表1-5-1　《說文解字》、《甲骨文字集釋》

香	香		甘
𠌥	𤎅	𤏽	𠙹
《說文解字》[129]	《甲骨文字集釋》[130]		

---

[129] 《說文解字注》，頁333。

[130] 《甲骨文字集釋》，卷7，頁2393、2394。

　　《說文解字》甘字釋爲：「美也。从口含一。」小篆甘字，寫成在口中央加一橫畫，意謂口中有好吃的食物。小篆曰字，在口上加了ㄴ形的一筆，與甘字不同。

　　馬王堆漢墓帛書，字體在篆隸之間，有些字寫得像是小篆，有些字則寫得像是隸書。《老子》第八十章：「甘其食，美其服」，〈老子乙本〉所寫的甘字，就是在口字中央加一橫畫，與《說文解字》小篆相同。《老子》第六十七章：「一曰慈，二曰儉」，〈老子乙本〉所寫的曰字，則與《說文解字》小篆不同，只在口字之上加一橫畫。如果沒有上下文可以推敲，隸書的甘字與曰字，其實是很難分辨的。唐太宗貞觀六年（632）〈九成宮醴泉銘〉：「萍旨醴甘」、「東觀漢記曰」，歐陽詢所寫的甘字與曰字，和我們現在所寫的一樣，就有明顯的差別。（請見表1-5-2）

表1-5-2　《說文解字》、〈老子乙本〉、〈九成宮醴泉銘〉

甘	曰	甘	曰	甘	曰
日	日	日	日	甘	日
《說文解字》[131]		〈老子乙本〉[132]		〈九成宮醴泉銘〉[133]	

　　隸書的香字，行書楷書的香字，上半都寫成禾，下半都寫成像是日或曰，和我們現在所寫的相同。東漢靈帝建寧二年（169）隸書〈史晨碑〉：「香酒美肉」的香字，下半橫扁，寫成像是曰的，應該就是隸書的甘。北魏孝明帝神龜三年（520）〈比丘尼慈香慧政造像

---

[131] 《說文解字注》，頁204。

[132] 〈老子乙本〉，205上、207上。

[133] 《九成宮醴泉銘》，頁36、26。

記〉：「慈香慧政」的香字，下半也稍扁，寫成像是日。西晉（266-316）所寫的《妙法蓮華經》：「色味香美」的香字、《般若波羅蜜多心經》：「色聲香味觸法」的香字，集王羲之（303-379）所寫的行書，香字下半稍長，則比較像是日。（請見表1-5-3）

表1-5-3　〈史晨碑〉、〈慈香慧政造像記〉、《妙法蓮華經》、
　　　　　《心經》

香	香	香	香
〈史晨碑〉[134]	〈慈香慧政造像記〉[135]	《妙法蓮華經》[136]	《心經》[137]

北魏宣武帝延昌年間（512-515）〈松滋公元萇溫泉頌〉：「香風旦起」的香字，隋文帝開皇十七年（597）〈美人董氏墓誌銘〉：「香飄曳裾之風」的香字，唐玄宗天寶十一年（752）顏眞卿〈多寶塔碑〉：「灑以香水」的香字，武宗會昌元年（841）柳公權〈玄秘塔碑〉：「親奉香燈」的香字，香字下半也都稍長，都比較像是日。（請見表1-5-4）

---

134 《史晨碑》，頁62。

135 《龍門二十品》〈下〉，頁58。

136 《六朝寫經集》，目次5。日本東京：二玄社。

137 《集字聖教序》，頁32。

表1-5-4 〈松滋公元萇温泉頌〉、〈美人董氏墓誌銘〉、〈多寶塔碑〉、〈玄秘塔碑〉

香	香	香	香
〈松滋公元萇温泉頌〉[138]	〈美人董氏墓誌銘〉[139]	〈多寶塔碑〉[140]	〈玄秘塔碑〉[141]

《說文解字》旨字釋爲：「美也。从甘，匕聲。」小篆旨字也如同香字，下半的日並不是日，而是甘。甲骨文與金文旨字，下半有些从口，有些从甘。（請見表1-5-5）

表1-5-5 《說文解字》、《甲骨文字集釋》、《金文詁林》

旨	旨	旨	旨	旨
《說文解字》[142]	《甲骨文字集釋》[143]		《金文詁林》[144]	

馬王堆漢墓帛書〈五十二病方〉：「取三指最一」，指字右側的旨，下半从甘，上半寫成像是一橫之上加了一點。唐玄宗天寶十一年顏眞卿〈多寶塔碑〉：「尋奉恩旨」的旨字，楷書也是這樣寫。唐高

---

138 《高慶碑 / 松滋公元萇温泉頌》，頁61。日本東京：二玄社。

139 《墓誌銘集》〈下〉，頁42。

140 《多寶塔碑》，頁12。

141 《玄秘塔碑》，頁26。

142 《說文解字注》，頁204。

143 《甲骨文字集釋》，卷5，頁1643。

144 《金文詁林》，卷5，字0614。

宗〈述三藏聖記〉：「顯揚斯旨」的旨字，集王羲之（303-379）所寫的行書；〈九成宮醴泉銘〉：「萍旨醴甘」，歐陽詢所寫的楷書旨字，下半都寫成像是日，上半也並不寫成匕。（請見表1-5-6）

表1-5-6 〈五十二病方〉、〈多寶塔碑〉、〈述三藏聖記〉、〈九成宮醴泉銘〉

〈五十二病方〉[145]	〈多寶塔碑〉[146]	〈述三藏聖記〉[147]	〈九成宮醴泉銘〉[148]

《說文解字》嘗字釋爲：「口味之也。从旨，尚聲。」嘗字下半就是旨字，嘗字的日，當然也是甘。金文嘗字與旨字相同，也是有些从口，有些从甘。《十鐘山房印舉》〈周秦二〉：〈百嘗〉印，篆書嘗字與《說文解字》相似。下半旨字也是从甘，旨字上半的匕，則寫成像是人。（請見表1-5-7）

表1-5-7 《說文解字》、《金文詁林》、《十鐘山房印舉》

《說文解字》[149]	《金文詁林》[150]	《十鐘山房印舉》[151]

---

145 《木簡・竹簡・帛書》，頁8。

146 《多寶塔碑》，頁21。

147 《集字聖教序》，頁27。

148 《九成宮醴泉銘》，頁36。

149 《說文解字注》，頁204。

150 《金文詁林》，卷5，字0615。

151 《十鐘山房印舉》，冊1，頁248。

　　馬王堆漢墓帛書〈老子甲本卷後古佚書〉：「未嘗」的嘗字，下半從甘，中央的匕，也寫成像是人的樣子。楷書嘗字，智永〈眞草千字文〉：「祭祀蒸嘗」的嘗字，唐代宗大曆十四年（779）顏眞卿〈顏勤禮碑〉：「太宗嘗圖畫」的嘗字，柳公權〈玄秘塔碑〉：「嘗遊其藩」的嘗字，嘗字被簡化，省略中央的匕，下半則都寫成楷書的甘，和我們現在所寫的嘗字不同。（請見表1-5-8）

表1-5-8　〈老子甲本卷後古佚書〉、〈眞草千字文〉、〈顏勤禮碑〉、〈玄秘塔碑〉

嘗	嘗	嘗	嘗
〈老子甲本卷後古佚書〉[152]	〈眞草千字文〉[153]	〈顏勤禮碑〉[154]	〈玄秘塔碑〉[155]

　　香字、旨字、嘗字之外，還有討厭的厭，也是把甘簡化成像是日的樣子。討厭的厭，原來只寫成猒。《說文解字》猒字釋爲：「飽也，足也。從甘肰。」肰是犬肉，因爲甘美，吃到令人飽足。李白〈獨坐敬亭山〉詩句：「相看兩不厭」的厭字，應該就是飽足的意思。金文猒，左上角從口，與旨字嘗字從口相同。《老子》第七十二章：「夫唯不厭，是以不厭。」馬王堆漢墓帛書〈老子乙本〉，厭字作猒，左上角從口，與金文相同。

　　智永〈眞草千字文〉：「飢厭糟糠」的厭字，寫成從广。猒的左上角從口，像是金文的寫法。顏眞卿〈多寶塔碑〉：「居然猒俗」的

152　《木簡‧竹簡‧帛書》，頁15。

153　《眞草千字文》，頁46。

154　《顏勤禮碑》，頁32。

155　《玄秘塔碑》，頁43。

猒字，左上角的甘，則已經寫成像是日的樣子。（請見表1-5-9）

表1-5-9　《說文解字》、《金文詁林》、〈老子乙本〉、〈真草千
　　　　　字文〉、〈多寶塔碑〉

猒	猒	猒	厭	猒
《說文解字》 156	《金文詁林》 157	〈老子乙本〉 158	〈真草千字文〉 159	〈多寶塔碑〉 160

第六節　得：日不是日，原來是？

　　得，右上角寫成日，真是一個不可思議的演化。

　　《說文解字》，得字在彳部，左側是彳，右上角是見，右下角是寸。《說文解字》見部另有一字，上半是見，下半是寸，釋為取。甲骨文與金文的得字，大多並不加上彳，就像是《說文解字》所說的古文。但是，如果仔細比較就會發現，甲骨文與金文的得字，右上角既不是日也不是見，而是貝。貝字，等於是錢財的意思。這樣說來，《論語》勉人「見得思義」，所謂的得，或許就是錢。（請見表1-6-1）

---

156 《說文解字注》，頁204。
157 《金文詁林》，卷5，字0595。
158 〈老子乙本〉，211上。
159 《真草千字文》，頁43。
160 《多寶塔碑》，頁6。

表1-6-1　《說文解字》、《甲骨文字集釋》、《金文詁林》

《說文解字》[161]		《甲骨文字集釋》[162]		《金文詁林》[163]	

　　甲骨文與金文都有見字，與貝字有明顯的不同，《說文解字》也是。小篆得字，右上角由貝演化為見，真是不可思議的改變。（請見表1-6-2）

表1-6-2　《甲骨文字集釋》、《金文詁林》、《說文解字》

貝	見	貝	見	貝	見
《甲骨文字集釋》[164]		《金文詁林》[165]		《說文解字》[166]	

　　《十鐘山房印舉》有周秦印，其中印文就有不少篆書得字。〈周秦六〉：〈楊得〉印、〈周秦三〉：〈得〉字印、〈周秦十一〉：〈尹得〉印，得字右上角都像是貝。〈周秦九〉：〈王得〉印，得字右上角不是貝，而是目。目之下加了一橫，已經看不出來是貝。右下角也不是寸，而是又。（請見表1-6-3）

---

[161]《說文解字注》，頁77。

[162]《甲骨文字集釋》，卷2，頁0581。

[163]《金文詁林》卷2，字0220。

[164]《甲骨文字集釋》，卷6，頁2129、卷8，頁2811。

[165]《金文詁林》卷6，字0817、卷8，字1170。

[166]《說文解字注》，頁281、412。

表1-6-3　《十鐘山房印舉》

得	得	得	得
《十鐘山房印舉》[167]			

　　〈周秦五〉：〈蘇得〉印，得字右上角也是目。目之下又加了一點一橫，因此可能就很容易被誤認爲是見字。〈周秦一〉：〈相思得志〉印，得字右上角更簡化爲目。〈姓名十五〉：〈雋得〉印、〈姓名迴文印二〉：〈趙得印〉，得字右上角也是簡化爲目。（請見表1-6-4）

表1-6-4　《十鐘山房印舉》

得	得	得	得
《十鐘山房印舉》[168]			

　　漢初馬王堆漢墓帛書，〈戰國縱橫家書〉：「得用於齊」、「秦未得志於楚」的得字，右上角寫的應該是貝，只是把貝字最下端合寫，寫成向下微彎的弧線。今本《老子》第五十六章：「不可得而疏」、「不可得而害」，〈老子甲本〉的得字；今本《老子》第三十九章：「天得一以清，地得一以寧」，〈老子乙本〉的得字，右上角，有的寫成像是貝，有的就寫成像是且。（請見表1-6-5）

---

[167] 《十鐘山房印舉》，冊1，頁274、255、309、299。

[168] 《十鐘山房印舉》，冊1，頁269、242；冊2，頁652、751。

表1-6-5　〈戰國縱橫家書〉、〈老子甲本〉、〈老子乙本〉

<戰國縱橫家書>[169]	<老子甲本>[170]	<老子乙本>[171]

　　漢代隸書，得字右上角，有些寫成像是且，有些寫成像是旦。桓帝建和二年（148）〈石門頌〉：「得其度經」的得字，與靈帝建寧四年（171）〈西狹頌〉：「息不得駐」的得字，右上角都寫成像是且。桓帝永壽二年（156）〈禮器碑〉：「事得禮儀」的得字、靈帝建寧二年（169）〈史晨碑〉：「得在奎婁」的得字，右上角都寫成像是旦，日已經被分離出來，就像我們現在所寫的樣子。（請見表1-6-6）

表1-6-6　〈石門頌〉、〈西狹頌〉、〈禮器碑〉、〈史晨碑〉

<石門頌>[172]	<西狹頌>[173]	禮器碑>[174]	<史晨碑>[175]

　　楷書得字，東晉穆帝永和四年（348）王羲之〈樂毅論〉：「求仁得仁」的得字，唐太宗貞觀六年（632）歐陽詢〈九成宮醴泉

---

[169] 《木簡・竹簡・帛書》，頁12、13。

[170] 〈老子甲本〉，行39。

[171] 〈老子乙本〉，行176下。

[172] 《石門頌》，頁37。

[173] 《西狹頌》，頁28。

[174] 《禮器碑》，頁15。

[175] 《史晨碑》，頁5。

銘〉：「得禮之宜」的得字，代宗大曆十四年（779）顏真卿〈顏勤禮碑〉：「不得仕進」的得字，右上角也都寫成像是日或曰了。（請見表1-6-7）

表1-6-7　〈樂毅論〉、〈九成宮醴泉銘〉、〈顏勤禮碑〉

得	得	得
〈樂毅論〉[176]	〈九成宮醴泉銘〉[177]	〈顏勤禮碑〉[178]

第七節　溫、昷：日不是日，原來是？

溫字，我們現在右上角會寫成像是日的樣子，這個日到底是什麼？讀書必須「溫故而知新」，為人必須「溫良恭儉讓」，都是《論語》的名句。溫字右上角寫成像是日，難免會讓人想到太陽，太陽與溫暖的連結又是十分合理的。但是，溫字右上角的日，其實也是趨同演化所造成的，並不是日，不是太陽。

《說文解字》溫字釋為：「溫水」，溫字已經被用在河流的名字。《說文解字》另有昷字，才是溫暖的溫。《說文解字》昷字釋為：「仁也。从皿，以食囚也。」从皿从囚，因此解讀為給囚犯吃飯的意思。善待囚犯，所以昷字也有了仁愛的意思。《說文解字注》說：「溫行而昷廢矣」，就是說我們把河流的名字作為溫暖的昷來用

---

[176] 《魏晉唐小楷集》，頁21。

[177] 《九成宮醴泉銘》，頁24。

[178] 《顏勤禮碑》，頁44。

了。值得注意的是，小篆昷字，上半並不寫成日，而是囚。甲骨文有
溫字，《甲骨文字集釋》解釋頗為詳盡。溫字下半是皿，上半寫的是
人和水滴，像一個人浴於澡盆之中。

溫與昷本來只是一字，寫昷的時候，把洗澡時澆淋身體的水滴寫
成了口。篆書昷字上半因此寫成囚，而有了善待囚犯的意思。昷字下
半的皿，本來是澡盆的，篆書也因此而被解讀為碗盤。（請見表1-7-1）

表1-7-1　《說文解字》、《甲骨文字集釋》

溫	昷	溫
《說文解字》[179]		《甲骨文字集釋》[180]

漢初馬王堆漢墓帛書〈五十二病方〉：「溫湯」的溫字、《十鐘
山房印舉》〈官印十六〉：〈溫水都監〉的溫字，篆書溫字右上角
就是寫成囚，與《說文解字》相同。東漢靈帝中平三年（186）〈張
遷碑〉：「溫溫恭人」的溫字，隸書右上角也寫成人。人的外圍不
是口，而是冂。北魏孝明帝正光二年（521）〈司馬顯姿墓誌銘〉：
「河內溫人」，楷書溫字右上角，口內也寫成人。（請見表1-7-2）

---

179 《說文解字注》，頁524、215。
180 《甲骨文字集釋》，卷11，頁3277。

表1-7-2 〈五十二病方〉、《十鐘山房印舉》、〈張遷碑〉、〈司馬顯姿墓誌銘〉

〈五十二病方〉 181	《十鐘山房印舉》 182	〈張 遷 碑〉 183	〈司馬顯姿墓誌銘〉 184

楷書溫字，右上角大部分都寫成日。南朝宋孝武帝大明二年（458）〈爨龍顏碑〉：「溫良沖挹」的溫字、北魏宣武帝延昌年間（512 - 515）〈松滋公元萇溫泉頌〉：「泌彼溫泉」的溫字、智永〈真草千字文〉：「夙興溫凊」的溫字，都是寫成日。（請見表1-7-3）

表1-7-3 〈爨龍顏碑〉、〈松滋公元萇溫泉頌〉、〈真草千字文〉

〈爨龍顏碑〉 185	〈松滋公元萇溫泉頌〉 186	〈真草千字文〉 187

唐太宗貞觀十一年（637）歐陽詢〈皇甫誕碑〉：「溫潤成性」的溫字、玄宗天寶十一年（752）顏真卿〈多寶塔碑〉：「即之溫」

---

181 《木簡‧竹簡‧帛書》，頁8。
182 《十鐘山房印舉》，冊1，頁193。
183 《張遷碑》，頁33。
184 《墓誌銘集》〈下〉，頁18。
185 《爨寶子碑‧爨龍顏碑》，頁45。
186 《高慶碑／松滋公元萇溫泉頌》，頁58。
187 《真草千字文》，頁15。

的溫字，右上角也都是寫成日。高宗龍朔三年（663）歐陽通〈道因法師碑〉：「聰爽溫贍」的溫字，右上角寫成日；「溫采外融」的溫字，右上角則寫成囚。由此可見，當時這兩種寫法都是可以被認同的。（請見表1-7-4）

表1-7-4　〈皇甫誕碑〉、〈多寶塔碑〉、〈道因法師碑〉

溫	溫	溫	溫
〈皇甫誕碑〉[188]	〈多寶塔碑〉[189]	〈道因法師碑〉[190]	

甲骨文還有與溫類似的字，一個是皿上有人有水滴，又多加了止，止就是腳。一個是皿上沒有人，也沒有水滴，只有止。意義應當也和溫字相似，可能就是洗澡與洗腳的意思。（請見表1-7-5）

表1-7-5　《甲骨文字集釋》

《甲骨文字集釋》[191]	

第八節　申、神、電：日不是日，原來是？

神字，右側是申，申字到底是什麼？為什麼會寫在神字的右側？

188 《皇甫誕碑》，頁36。日本東京：二玄社。

189 《多寶塔碑》，頁34。

190 《道因法師碑・泉男生墓誌銘》，頁29、31。日本東京：二玄社。

191 《甲骨文字集釋》，卷5，頁1721、1723。

申字中央，我們現在都寫成像是日，或像是曰，其實，這個日不是太陽，日也不是曰。

《說文解字》神字釋爲：「天神，引出萬物者也。从示，申聲。」

《說文解字》申字釋爲：「神也。七月㑉氣成，體自申束。从臼，自持也。吏以上餔時聽事，申旦政也。」《說文解字》申字，中央並不寫成日，而是寫成臼。申字的古文與籀文，也不是寫成日，神字當然也不是。

申字是干支紀時所用的字，甲骨文與金文都有大量的申字。從這些象形的申字看來，申字畫的應該就是閃電。申是威力無比的閃電，因此被視爲神。（請見表1-8-1）

表1-8-1　《說文解字》、《甲骨文字集釋》、《金文詁林》

禍	申	ᘒ	ᘒ	ᘒ	ᘒ	ᘒ
《說文解字》[192]			《甲骨文字集釋》[193]		《金文詁林》[194]	

漢初馬王堆漢墓帛書，今本《老子》第六十章：「以道莅天下，其鬼不神；非其鬼不神，其神不傷人；非其神不傷人，聖人亦不傷人。」〈老子甲本〉與〈老子乙本〉，都接連看到好幾個神字。〈老子乙本〉的神字，申的中央寫成像是甘，或者是曰；〈老子甲本〉，申字中央則不像是寫成甘或曰，而像是臼。值得注意的是，「非其神不傷人」，〈老子甲本〉竟然把神寫成申。同一章之中，前三個神字都寫成神，第四個神字卻寫成申。這當然不可能是錯寫，難

---

[192] 《說文解字注》，頁3、753。

[193] 《甲骨文字集釋》，卷14，頁4385。

[194] 《金文詁林》，卷14，頁1879。

道說，書寫者認爲申字也就是神，否則爲什麼會這樣寫。《說文解字》釋申字爲神，〈老子甲本〉適可參照。（請見表1-8-2）

　　漢代以後的篆書，東漢和帝永元四年（92）〈袁安碑〉：「庚申」、「丙申」的申字，安帝元初四年（117）〈袁敞碑〉：「甲申」的申字，〈祀三公山碑〉：「三條別神」的神字，申的中央都不是寫成日，而是寫成臼。貫穿申字的縱線，也不是寫成丨，而寫成像是乙的樣子。三國吳天璽元年（276）〈天發神讖碑〉：「天發神讖」的神字，申的中央也不是寫成日，貫穿申字的縱線，則寫成了丨。《十鐘山房印舉》〈姓名之印三〉有〈申通之印〉，申字中央就寫成像是日了。（請見表1-8-2至1-8-3）

表1-8-2　〈老子甲本〉、〈老子乙本〉、〈袁安碑〉、〈袁敞碑〉

〈老子甲本〉[195]	〈老子乙本〉[196]	〈袁安碑〉[197]	〈袁敞碑〉[198]

表1-8-3　〈祀三公山碑〉、〈天發神讖碑〉、《十鐘山房印舉》

〈祀三公山碑〉[199]	〈天發神讖碑〉[200]	《十鐘山房印舉》[201]

---

[195] 〈老子甲本〉，行47。

[196] 〈老子乙本〉，行196上。

[197] 《袁安碑・袁敞碑》。日本東京：二玄社。

[198] 《袁安碑・袁敞碑》。

[199] 《祀三公山碑・裴岑紀功頌》。

[200] 《天發神讖碑》。日本東京：二玄社。

[201] 《十鐘山房印舉》，冊3，頁1057。

　　漢代隸書申字，中研院所藏居延漢簡：「甲申」、「庚申」的申字，申的中央都寫成像是日，而左上角右上角都稍微向上伸出，與〈老子乙本〉相同。貫穿申字的縱線，也已經寫成丨。東漢桓帝永興元年（153）〈乙瑛碑〉：「幽讚神朙」的神字、桓帝永壽二年（156）〈禮器碑〉：「神靈祐誠」的神字，「李申伯」的申字，申的中央都寫成像是日的樣子。貫穿申字的縱線，也寫成丨。

　　楷書申字，南朝宋孝武帝大明二年（458）〈爨龍顏碑〉：「歲在壬申」的申字，申的中央不是日，還寫成類似篆書的樣子。（請見表1-8-4）

表1-8-4　〈居延漢簡〉、〈乙瑛碑〉、〈禮器碑〉、〈爨龍顏碑〉

申	申	神	神	申	申
〈居延漢簡〉[202]		〈乙瑛碑〉[203]	〈禮器碑〉[204]		〈爨龍顏碑〉[205]

　　北魏太武帝（423-452）〈中岳嵩高靈廟碑〉：「生申及甫」的申字、孝明帝正光元年（520）〈司馬昞墓誌銘〉：「丙申」的申字，唐太宗貞觀六年（632）歐陽詢〈九成宮醴泉銘〉：「甲申」的申字，申的中央都寫成像是日或曰了。

　　《說文解字》電字釋爲：「侌昜激燿也。从雨，从申。」釋電字爲閃電，有小篆與古文，上半都从雨，下半都寫成申。《說文解字》雲字釋爲：「山川之气也。从雨，云象回轉之形。」雲字小篆之外。另有兩個省雨的古文。（請見表1-8-5）

202　《木簡・竹簡・帛書》，頁55、59。

203　《乙瑛碑》，頁5。

204　《禮器碑》，頁28、45。

205　《爨寶子碑・爨龍顏碑》，頁54。

表1-8-5　〈中岳嵩高靈廟碑〉、〈司馬昞墓誌銘〉、〈九成宮醴泉銘〉

申	申	申
〈中岳嵩高靈廟碑〉[206]	〈司馬昞墓誌銘〉[207]	〈九成宮醴泉銘〉[208]

　　《說文解字》雲字之下有云字，釋省雨的云爲雲的古文。電字之下也有古文電字，也釋爲从申，可惜的是，未能說明申字，其實申就是省雨的電。（請見表1-8-6）

表1-8-6　《說文解字》

電		雲		
雨雷	閏	雲	云	?
《說文解字》[209]				

第九節　明：日不是日，原來是？

　　「日」「月」明，這是我們長久以來所習慣的寫法。日有日光，月有月光，日加上月，成爲明亮的意思，是天經地義的。可是，明字寫成日月明，並不是唯一的寫法。

---

[206] 《中岳嵩高靈廟碑》。

[207] 《墓誌銘集》〈下〉，頁16。

[208] 《九成宮醴泉銘》，頁19。

[209] 《說文解字注》，頁577、580。

　　《說文解字》小篆明字寫成䜌，䜌字釋為：「照也，從月囧。
古文從日。」秦始皇廿六年（前221）所頒行的權量銘文：「皆䜌壹
之」的䜌字，與廿八年（前219）〈泰山刻石〉：「因䜌白矣」的䜌
字，明字都寫成從囧。小篆明字不是日月明，而是囧月明，是月光從
窗戶照進來的意思。（請見表1-9-1）

表1-9-1　《說文解字》、〈秦權量銘〉、〈泰山刻石〉

《說文解字》[210]	〈秦權量銘〉[211]	〈泰山刻石〉[212]

　　甲骨文明字，有的從囧，有的像是從田，有的像是從日。《說
文解字》有古文，明字也是從日；從田從日，其實都是從囧簡化而來
的，畫的應該都是窗戶。金文明字，也都是這樣寫。（請見表1-9-2）

表1-9-2　《甲骨文字集釋》、《金文詁林》

《甲骨文字集釋》[213]				《金文詁林》[214]	

---

[210]　《說文解字注》，頁317。

[211]　《書道全集》，卷1，圖138。臺北：大陸書店。

[212]　《石鼓文·泰山刻石》，頁49。日本東京：二玄社。

[213]　《甲骨文字集釋》，卷7，頁2267。

[214]　《金文詁林》，卷7，字0912。

　　《十鐘山房印舉》〈姓名十三〉：〈李晶〉印，小篆寫成囧月晶；〈姓名二十八〉：〈徐明〉印，小篆寫成目月明；〈官印三〉：〈明威將軍〉、〈明威將軍章〉，小篆都寫成日月明。

　　漢初馬王堆漢墓帛書，今本《老子》第五十二章：「復歸其明」，〈老子甲本〉的明字；今本《老子》第二十四章：「自視者不明」，〈老子乙本〉的明字，左側都是寫成目。（請見表1-9-3）

表1-9-3　《十鐘山房印舉》、〈老子甲本〉、〈老子乙本〉

《十鐘山房印舉》[215]				〈老子甲本〉[216]	〈老子乙本〉[217]

　　漢代隸書，東漢桓帝永興元年（153）〈乙瑛碑〉：「幽讚神晶」的晶字，與小篆晶字相同，寫成囧月晶。桓帝建和二年（148）〈石門頌〉：「讜而益明」的明字，桓帝永壽二年（156）〈禮器碑〉：「韓明府」的明字，靈帝中平二年（185）〈曹全碑〉：「鄉明而治」的明字，都是把囧字簡化，寫成像是目，囧月晶變成目月明。靈帝中平三年（186）〈張遷碑〉：「韋公明」的明字，則寫成了日月明。（請見表1-9-4）

---

[215] 《十鐘山房印舉》，冊2，頁637、737；冊1，頁113。

[216] 〈老子甲本〉，行31。

[217] 〈老子乙本〉，行237上。

表1-9-4　〈乙瑛碑〉、〈石門頌〉、〈禮器碑〉、〈曹全碑〉、
　　　　 〈張遷碑〉

明	明	明	明	明
〈乙瑛碑〉[218]	〈石門頌〉[219]	〈禮器碑〉[220]	〈曹全碑〉[221]	〈張遷碑〉[222]

　　王羲之（303-379）〈喪亂帖〉：「明日出乃行」的行書明字，也寫成了目月朙。

　　楷書明字，龍門二十品，北魏宣武帝景明三年（502）〈孫秋生劉起祖等造像記〉：「景明」的明字，孝莊帝普泰元年（531）〈張玄墓誌銘〉：「便自高明」的明字，也都寫成目月朙。（請見表1-9-5）

表1-9-5　〈喪亂帖〉、〈孫秋生劉起祖等造像記〉、〈張玄墓誌銘〉

明	明	明
〈喪亂帖〉[223]	〈孫秋生劉起祖等造像記〉[224]	〈張玄墓誌銘〉[225]

　　南朝齊武帝永明六年（488）〈妙相寺造像題字〉：「永明」的

---

[218] 《乙瑛碑》，頁5。

[219] 《石門頌》，頁55。

[220] 《禮器碑》，頁32。

[221] 《曹全碑》，頁26。

[222] 《張遷碑》，頁56。

[223] 《王羲之尺牘集》〈上〉，頁9。日本東京：二玄社。

[224] 《龍門二十品》〈下〉，頁21。

[225] 《墓誌銘集》〈下〉，頁33。

明字，永明十年（492）〈大方等大集經〉：「永明」的明字，都寫成日月明。永明元年（483）《佛說歡普賢經》：「永明」的明字，則寫成了目月明。題寫紀年的年號，有的寫成日月明，有的寫成目月明。也因此可見，當時寫成日月明，或者寫成目月明，都是可以被接受的。（請見表1-9-6）

表1-9-6　〈妙相寺造像題字〉、《大方等大集經》、《佛說歡普賢經》

明	明	明
〈妙相寺造像題字〉[226]	《大方等大集經》[227]	《佛說歡普賢經》[228]

　　唐代楷書，唐太宗貞觀六年（632）歐陽詢〈九成宮醴泉銘〉：「赫赫明明」的明字，貞觀十五年（641）所寫的《金剛般若波羅蜜經》後記：「正法明筌」的明字，也都寫成目月明。玄宗天寶十一年（752）顏真卿〈多寶塔碑〉：「發明資乎十力」、「漢明永平之日」、「至聖文明」的明字，寫成目月明；「遠望則皕」、「繼皕二祖」、「誰皕大宗」的皕字，則寫成了囧月皕。由此可見，當時寫成目月明，或者寫成囧月皕，都是可以被接受的。（請見表1-9-7）

---

226 《書道全集》，卷5，圖版，頁20。
227 《書道全集》，卷5，圖版，頁91。
228 《六朝寫經集》，目次7。

表1-9-7　〈九成宮醴泉銘〉、〈多寶塔碑〉

明	明	明
〈九成宮醴泉銘〉[229]	〈多寶塔碑〉[230]	

　　宋代刻本，明字寫成日月明。宋神宗元豐三年（1080）出版的《李太白文集》，〈月下獨酌〉：「舉盃邀明月」的明字，〈宣州謝朓樓餞別校書叔雲〉：「欲上青天覽明月」的明字；宋孝宗淳熙八年（1181）出版的《文選》，雜詩上〈古詩十九首〉：「三五明月滿」、「明月何皎皎」的明字，都是日月明了。（請見表1-9-8）

表1-9-8　《李太白文集》、《文選》

明月	明月	明月	明月
《李太白文集》[231]		《文選》[232]	

---

[229] 《九成宮醴泉銘》，頁34。

[230] 《多寶塔碑》，頁3、15、26；11、31、40。

[231] 《李太白文集》，頁481、387。

[232] 《文選》，頁419。

第二章

月不是月

月不是月，如果我這樣說，那可能是什麼？漢字所寫的月，往往並不是月亮的月。漢字的部首寫成月，而意思與月亮無關的，你一定知道。其實，月也還會有其他的意思，既不是月亮，也不是肉。因為趨同演化，把不是月亮的，也都寫成了月。王羲之〈蘭亭脩禊詩集敘〉（353）：「脩禊事也」、「茂林脩竹」的脩字，「清流激湍」的清字，「暢敘幽情」的情字，「天朗氣清」的朗字，「終期於盡」的期字，好幾個字都有月，可是都不一定是月亮的月。

第一節　勝、朕：月不是月，原來是？

勝利的勝，左側寫成像是月：如果我們望字生義，以為勝字與月亮有關，那就大錯特錯了。《說文解字》勝字釋為：「任也。从力，朕聲。」勝利的勝，是從朕字而來的。《說文解字》朕字釋為：「我也」，朕字是第一人稱的代名詞，人人都可以自稱朕，秦始皇之後，成為皇帝專用的字。當然，朕字無論是皇帝專用的自稱，或者是通用的自稱，都是假借，都不是朕字原來的意思。

《中文大辭典》，朕字在月部。《說文解字》，朕字是在舟部。

小篆朕字，从舟，从火，从廾。甲骨文與金文朕字，也从舟从廾，但是並不从火。甲骨文从丨，金文从丨，或在丨上再加一點或一橫。廾就是雙手，都像是手上拿了某種工具在處理船，而不是火。

《甲骨文字集釋》解釋朕字：「象兩手捧器釁舟之形，故引申之

兆璺亦謂之朕。[1]」一方面讓人瞭解朕字从舟，是因為在釁舟之縫，也就是所謂朕兆的由來；一方面也讓人瞭解朕字加力，就是从廾的意思。釁舟必須舉舟，才可以看見有沒有光線穿透船體，有沒有縫隙要去修補。因為必須舉起重物，就有了勝任的意思。也才會有堪任者為勝，克敵致勝的意思。（請見表2-1-1）

表2-1-1　《說文解字》、《甲骨文字集釋》、《金文詁林》

勝	朕				
《說文解字》[2]	《甲骨文字集釋》[3]		《金文詁林》[4]		

　　《十鐘山房印舉》〈姓名二十〉：〈屈勝〉印，〈姓二名七〉：〈杜勝客〉印，〈姓名十〉：〈王勝〉印，勝字左側都寫成舟，而不是寫成月。〈王勝〉印，勝字右側，火下的廾則簡化成像是丌。〈姓名之印六〉：〈芒勝之印〉，勝字左側就寫成像是月，火下的廾則簡化成像是大了。（請見表2-1-2）

表2-1-2　《十鐘山房印舉》

《十鐘山房印舉》[5]			

---

[1]　《甲骨文字集釋》，卷8，頁2768。

[2]　《說文解字注》，頁706、408。

[3]　《甲骨文字集釋》，卷8，頁2765。

[4]　《金文詁林》卷8，字1155。

[5]　《十鐘山房印舉》，冊2，頁684、807、611；冊3，頁1085。

　　漢初馬王堆漢墓帛書，今本《老子》第六十八章：「善勝敵者不與」，句中的勝字，〈老子甲本〉寫作勝；〈老子乙本〉不寫作勝，而是寫作朕，也明顯可見從火從廾。甲本乙本的勝字與朕字，左側都顯然寫的是舟而不是月。〈老子甲本〉的勝字，甚至把左側的舟寫得像是片。

　　今本《老子》第五十二章：「復歸其明」，〈老子甲本〉有明字；今本《老子》第二十四章：「自視者不明」，〈老子乙本〉也有明字。甲本乙本明字左側都寫成目，乙本明字右側的月還略呈斜寫，右上角一筆連寫也略呈弧狀。勝字左側從舟，與明字的月顯然不同。也可見我們現在的寫法，把勝字與朕字左側都寫成月，是隸書之後趨同演化所造成的。

　　山東省博物館所藏臨沂銀雀山漢墓竹簡，〈孫子兵法·見威王〉：「戰不勝」的勝字，〈威王問〉：「明王之問」的明字，勝字左側也不是寫成月，與明字右側的月並不相同。勝字右側，火下的廾也寫成像是丌。（請見表2-1-3）

表2-1-3　〈老子甲本〉、〈老子乙本〉、〈見威王〉、〈威王問〉

勝	明	勝	明	勝	明
勝	明	朕	明	勝	明
〈老子甲本〉[6]		〈老子乙本〉[7]		〈見威王〉、〈威王問〉[8]	

　　東漢靈帝中平三年（186）隸書〈張遷碑〉：「決勝負千里之外」的勝字，武威磨咀子漢簡〈王杖十簡〉：「勝甚哀老小」的勝字，左側都已寫成像是月。

---

[6]　〈老子甲本〉，行70、31。

[7]　〈老子乙本〉，行208上、237上。

[8]　《木簡·竹簡·帛書》，頁32、33。

　　唐太宗〈大唐三藏聖教序〉：「宣揚勝業」的勝字，集王羲之（303-379）所寫的行書，左側也寫成像是月。

　　楷書勝字，龍門二十品，北魏宣武帝景明三年（502）〈孫秋生劉起祖等造像記〉：「衛勝」的勝字，孝明帝正光三年（522）〈張猛龍碑〉：「勝殘不待賒年」的勝字，唐太宗貞觀二年（628）虞世南〈孔子廟堂碑〉：「纔勝逢掖」的勝字，代宗大曆十四年（779）顏真卿〈顏勤禮碑〉：「舒、說、順、勝、怡」的勝字，左側都寫成像是月。勝字右側从火，从廾，从力，與《說文解字》小篆相同。右下角若將廾與力連著寫，看起來就會像是寫成分了。（請見表2-1-4至2-1-5）

表2-1-4　〈張遷碑〉、〈王杖十簡〉、〈聖教序〉、〈孫秋生劉起祖等造像記〉

朕	勝	勝	勝
〈張遷碑〉[9]	〈王杖十簡〉[10]	〈聖教序〉[11]	〈孫秋生劉起祖等造像記〉[12]

表2-1-5　〈張猛龍碑〉、〈孔子廟堂碑〉、〈顏勤禮碑〉

勝	勝	勝
〈張猛龍碑〉[13]	〈孔子廟堂碑〉[14]	〈顏勤禮碑〉[15]

---

[9]　《張遷碑》，頁9。

[10]　《木簡‧竹簡‧帛書》，頁74。

[11]　《集字聖教序》，頁13。

[12]　《龍門二十品》〈下〉，頁20。

[13]　《張猛龍碑》，頁28。

[14]　《孔子廟堂碑》，頁6。

[15]　《顏勤禮碑》，頁88。

第二節　前、剪：月不是月，原來是？

　　前字左下角，我們現在寫成像是月的樣子，其實也不是月亮。前字，右下角寫成刂，刂就是刀。剪字，上半是前，下半又多加一刀。一個字寫成兩個刀，我們也許都不曾覺得應該有些疑問。

　　《說文解字》前字釋爲：「齊斷也。从刀，歬聲。」我們現在所寫的前字，其實是剪刀的剪。前字，右下角是刂，《說文解字》按部首歸屬在刀部。我們現在所寫的剪字，又在前字之下加上第二個刀部。前後的前，前進的前，本來應該是歬字，《說文解字》歬字釋爲：「不行而進謂之歬，从止在舟上。」舟是船，止是腳，腳踏在船上，是以船代步的意思。甲骨文前進的前，也是寫成歬；或是在左側加上彳，或是把歬寫在行的中央。金文也是寫成歬，也是从止在舟上。（請見表2-2-1）

表2-2-1　《說文解字》、《甲骨文字集釋》、《金文詁林》

前	歬	歬		歬
歬	歬	歬	歬	歬
《說文解字》[16]		《甲骨文字集釋》[17]		《金文詁林》[18]

　　《十鐘山房印舉》〈官印七〉：〈前鋒司馬〉印，篆書前字上半从止，左下角是舟。漢初馬王堆漢墓帛書〈五十二病方〉：「如前

---

[16]　《說文解字注》，頁180、68。

[17]　《甲骨文字集釋》，卷2，頁0451。

[18]　《金文詁林》卷2，字0161。

數，恆服藥廿日」的前字，上半也是從止，而左下角已經開始寫成像是月的樣子。大英圖書館所藏敦煌漢帛書：「前政數奏書」的前字，也是從止從刀，左下角就寫成更像是月了。（請見表2-2-2）

表2-2-2　《十鐘山房印舉》、〈五十二病方〉、〈敦煌漢帛書〉

《十鐘山房印舉》[19]	〈五十二病方〉[20]	〈敦煌漢帛書〉[21]

　　漢代隸書，前後的前，上半已不寫成止，左下角也不寫成舟，而簡化成月。東漢桓帝建和二年（148）〈石門頌〉：「遭碍弗前」的前字，桓帝永興元年（153）〈乙瑛碑〉：「魯前相瑛」的前字，靈帝中平二年（185）〈曹全碑〉：「百工戴恩縣前」的前字，舟已經都寫成了月。這幾個前字，意思也都是前進、前後的前。（請見表2-2-3）

表2-2-3　〈石門頌〉、〈乙瑛碑〉、〈曹全碑〉

〈石門頌〉[22]	〈乙瑛碑〉[23]	〈曹全碑〉[24]

---

[19] 《十鐘山房印舉》，冊1，頁138。
[20] 《木簡‧竹簡‧帛書》，頁9。
[21] 《木簡‧竹簡‧帛書》，頁20。
[22] 《石門頌》，頁26。
[23] 《乙瑛碑》，頁2。
[24] 《曹全碑》，頁24。

　　〈大唐三藏聖教序〉：「廣被前聞」，集王羲之（303-379）所寫的前字，北魏龍門二十品，孝文帝太和二十二年（498）〈北海王元詳造像記〉：「奉申前志」的前字，唐太宗貞觀六年（632）歐陽詢〈九成宮醴泉銘〉：「絕後□前」的前字，也都把舟寫成月了。（請見表2-2-4）

表2-2-4　〈集字聖教序〉、〈北海王元詳造像記〉、〈九成宮醴泉銘〉

前	前	前
〈集字聖教序〉[25]	〈北海王元詳造像記〉[26]	〈九成宮醴泉銘〉[27]

第三節　俞、渝、逾、踰、輸、愉、愈、癒、瑜、揄、榆：月不是月，原來是？

　　《說文解字》，俞字之外，俞聲的字還有：渝、逾、踰、輸、愉、癒、瑜、揄、榆。這麼多有俞的字，既然都是從俞而來的，應該會有一個他們所共同擁有的基礎意義。俞字和前字很相似，我們現在都把左下角寫成月，右下角寫成刂。但是，俞字的刂也不是刀，月也不是月。月與刀，都是趨同演化所造成的。

　　《說文解字》俞字釋為：「空中木為舟也。从亼，从舟，从巜。巜，水也。」金文俞字與《說文解字》小篆相似，右上角的亼，有的是三角形，有的是菱形，畫的應該就是「刳木為舟」的舟。金文俞字

---

[25]　《集字聖教序》，頁10。

[26]　《龍門二十品》〈上〉，頁28。

[27]　《九成宮醴泉銘》，頁31。

右下角是巜，與利字的刂顯然不同。《說文解字》有渝字、逾字、踰字、輸字，俞字加上水、加上辵、加上足、加上車，都與毳字从止相似，都是水運，都是搭船前進的意思。《說文解字》說：「不行而進謂之毳[28]」，坐船比走路輕鬆許多，因此，有俞的字就有美好的意思。愉字是樂，瑜字是美玉，瘉字則是病好了。（請見表2-3-1）

表2-3-1　《說文解字》、《金文詁林》

俞			利
《說文解字》[29]	《金文詁林》[30]		

　　《十鐘山房印舉》〈官印十三〉：〈贛揄令印〉，〈官印十四〉：〈楪榆長印〉；俞的左下角是舟，右下角兩條略呈平行的直線，應該是巜，也就是水的意思。《漢書》〈地理志〉上之三，琅邪郡有贛揄縣，印文是贛揄；益州郡有葉榆縣，印文是楪榆[31]。漢初馬王堆漢墓帛書，〈雜療方〉也有榆字，俞的左下角是不是舟，難以確認；右下角兩條弧線，應該也是巜，與前字右下角的刂並不一樣。（請見表2-3-2）

28　《說文解字注》，頁68。

29　《說文解字注》，頁407。

30　《金文詁林》卷8，字1152。卷4，字0554。

31　《漢書補注》，卷八，頁751、792。臺北：藝文印書館。

表2-3-2　《十鐘山房印舉》、〈雜療方〉

揄	榆	榆	前
《十鐘山房印舉》[32]		〈雜療方〉[33]	

　　《說文解字》沒有愈字。今本《老子》第五章：「動而愈出」，馬王堆漢墓帛書，〈老子甲本〉愈字寫成俞；今本《老子》第八十一章：「既以與人己愈多」，〈老子乙本〉愈字也寫成俞，俞就用作愈。俞字左下角並不寫成月，而是寫成舟；右下角也並不寫成刂，應該就是巜。今本《老子》第八章：「水善利萬物而不爭」，〈老子甲本〉與〈老子乙本〉都有利字。利字右側的刀，與俞字右下角寫成的巜，顯然不同。

　　東漢桓帝建和二年（148）隸書〈石門頌〉：「顧寫輸淵」的輸字，舟已經寫成月，而右下角並不寫成刂，而是巜。「遭碍弗前」的前字，右下角寫成刀，與輸字的右下角顯然不同。（請見表2-3-3）

表2-3-3　〈老子甲本〉、〈老子乙本〉、〈石門頌〉

愈	利	愈	利	輸	前
〈老子甲本〉[34]		〈老子乙本〉[35]		〈石門頌〉[36]	

32　《十鐘山房印舉》，冊1，頁176、181。

33　《木簡‧竹簡‧帛書》，頁6。

34　〈老子甲本〉，行102、105。

35　〈老子乙本〉，行206上、223下。

36　《石門頌》，頁22、26。

　　北魏宣武帝延昌二年（513）〈元顯儁墓誌銘〉：「兪光兪烈」，就是愈光愈烈。西晉（266-316）所寫的寫《妙法蓮華經》：「毒病皆愈」，愈就是病好了的癒。兪字與愈字，舟已經都寫成月，巜巜也已經都寫成刂。（請見表2-3-4）

表2-3-4　〈元顯儁墓誌銘〉、《妙法蓮華經》

兪	愈
兪	愈
〈元顯儁墓誌銘〉[37]	《妙法蓮華經》[38]

　　北魏孝明帝正光二年（521）〈宣武帝嬪司馬顯姿墓誌銘〉：「瑜生高嶺」的瑜字，兪的左下角並不寫成月，而是寫成舟。隋文帝開皇十七年（597）〈美人董氏墓誌銘〉：「砌炳瑾瑜」，兪的左下角就寫成月。兩個瑜字的右下角，就都是寫成刂了。（請見表2-3-5）

表2-3-5　〈宣武帝嬪司馬顯姿墓誌銘〉、〈美人董氏墓誌銘〉

瑜	瑜
〈宣武帝嬪司馬顯姿墓誌銘〉[39]	〈美人董氏墓誌銘〉[40]

---

[37]　《墓誌銘集》〈上〉，頁22。

[38]　《六朝寫經集》，目次5。

[39]　《墓誌銘集》〈下〉，頁27。

[40]　《墓誌銘集》〈下〉，頁41。

　　唐太宗貞觀二年（628）虞世南〈孔子廟堂碑〉：「事踰恒典」的踰字，右下角寫成刂。貞觀六年（632）歐陽詢〈九成宮醴泉銘〉：「遺身利物」的利字，右側寫成刂；貞觀十一年（637）〈皇甫誕碑〉：「強踰七國」的踰字，右下角並沒有寫成刂。貞觀十二年（638）褚遂良所寫的〈孟法師碑〉：「功踰覆載」的踰字，右下角也沒有寫成刂，與「殉榮利於窮塗」的利字不同。他們所寫的俞，左下角就都是寫成月了。（請見表2-3-6）

表2-3-6　〈孔子廟堂碑〉、〈九成宮醴泉銘〉、〈皇甫誕碑〉、
　　　　　〈孟法師碑〉

踰	利	踰	踰	利
〈孔子廟堂碑〉[41]	〈九成宮醴泉銘〉[42]	〈皇甫誕碑〉[43]	〈孟法師碑〉[44]	

第四節　般、盤、槃、磐：月不是月，原來是？

　　月不是月，看來和般字似乎毫無關係，其實不然。般字與般聲的字，舟曾經會被寫成月，而且，般字左側的舟，既不是舟，也不是月亮的月。

　　股就是般，如果我這樣說，你一定難以置信。但是，這是眞的。而且，把般寫成股的人，不是別人，是王羲之（303-379），鼎鼎有名的書聖。唐太宗〈大唐三藏聖教序〉，最後附錄唐三藏所翻譯的

41　《孔子廟堂碑》，頁18。

42　《九成宮醴泉銘》，頁12。

43　《皇甫誕碑》，頁5。

44　《孟法師碑》，頁16、4。

《般若波羅蜜多心經》，經文也是集王羲之所寫的字刻成。經文中譯文般若、般羅，般字總共有九個。其中，左側寫成月的有四個，寫成舟的有五個，大約是一半一半。我們現在寫般字，都是把左側寫成舟。王羲之的時代，般字顯然也可以寫成股，有兩種同時並存的寫法。般字之外，甚至譯文中涅槃的槃字，也是把左上角寫成月。〈集字聖教序〉，在唐高宗咸亨三年（672）勒石鐫字，般字與槃字，舟與月混用的寫法，至少在當時都還認為是可以接受的。

　　王羲之這樣寫，般字的左側，到底是應該寫成舟才對，還是應該寫成月才對，讓人都有些迷惑了。其實，寫成舟也不對，寫成月也不對，兩種寫法都是趨同演化所造成的。

　　東漢靈帝中平三年（186）隸書〈張遷碑〉：「常在股肱」的股字，隋文帝仁壽三年（603）楷書〈蘇慈墓誌銘〉：「股肱儲衛」的股字，左側都寫成月。般字與股字，就演化成相同的樣子。（請見表2-4-1）

表2-4-1　《般若波羅蜜多心經》、〈張遷碑〉、〈蘇慈墓誌銘〉

般若		涅槃	股肱	
股	股	槃	股	股
《般若波羅蜜多心經》[45]		〈張遷碑〉[46]	〈蘇慈墓誌銘〉[47]	

　　《說文解字》小篆般字，左側寫成舟，釋為「象舟之旋」。李孝定先生曾以般字為例，說明漢字譌變[48]。原來甲骨文般字左側的凡，

---

[45]　《集字聖教序》，頁34、35、33。

[46]　《張遷碑》，頁19。

[47]　《墓誌銘集》〈下〉，頁64。

[48]　《漢字史話》，頁60。臺北：聯經出版事業公司。

畫的就是盤子的盤，凡字因為與舟字形近，往往誤為舟。甲骨文舟
字，左右兩舷之外，舟中畫四橫，或三橫，或兩橫。甲骨文般字左側
的凡，縱線內畫兩橫的最多。畫兩橫的舟字，和凡字是一樣的，因此
就有凡與舟混用的情形。（請見表2-4-2）

表2-4-2　《說文解字》、《甲骨文字集釋》

般	般	凡			舟		
般	般	凡	月	目	目	舟	夕
《說文解字》[49]	《甲骨文字集釋》[50]						

金文般字，左側雖然也有少數寫成凡，大部分都寫成舟。金文舟
字，雖也有寫成凡的，對般字的影響似乎很少，小篆般字繼金文之
後，左側就寫成舟了。（請見表2-4-3）

表2-4-3　《金文詁林》

般		舟		
般	般	凵	月	日
《金文詁林》[51]				

《說文解字》，小篆沒有盤字。木部有小篆槃字，古文从金，籀
文从皿。从皿的，就是我們現在常用的盤字，盤子的盤。金文盤字从

49　《說文解字注》，頁408。

50　《甲骨文字集釋》卷8，頁2771，卷13，頁3977。卷8，頁2757。

51　《金文詁林》卷8，字1156、1151。

皿，也有从金的，就是《說文解字》所說的古文與籀文。（請見表
2-4-4）

表2-4-4 《說文解字》、《金文詁林》

槃	盤	鎜
《說文解字》[52]	《金文詁林》[53]	

　　六朝寫經，梁武帝普通四年（523）所寫的《律序》，以及周武
帝保定元年（561）所寫的《大般涅槃經》，都有「般若」與「涅
槃」。般字左側寫成舟，槃字左側則寫成月。（請見表2-4-5）

表2-4-5 《律序》、《大般涅槃經》

般	槃	般	槃
《律序》[54]		《大般涅槃經》[55]	

　　東漢桓帝建和二年（148）隸書〈石門頌〉：「利磨确磐」的磐
字，東晉安帝義熙元年（405）〈爨寶子碑〉：「主簿楊磐」的磐
字，南朝宋孝武帝大明二年（458）〈爨龍顏碑〉：「磐石」的磐

---

[52] 《說文解字注》，頁263。
[53] 《金文詁林》卷6，字0766。
[54] 《六朝寫經集》，目次10。
[55] 《六朝寫經集》，目次30。

字，智永〈真草千字文〉：「宮殿磐鬱」的磐字，左上角都不是寫成
舟，而是寫成月。（請見表2-4-6）

表2-4-6　〈石門頌〉、〈爨寶子碑〉、〈爨龍顏碑〉、〈真草千字文〉

腏	磐	磐	磐
〈石門頌〉[56]	〈爨寶子碑〉[57]	〈爨龍顏碑〉[58]	〈真草千字文〉[59]

　　槃字與磐字，上半都是般，但是唐代以前往往不寫成舟，而是寫
成月。般字楷書，並非如此，左側往往不是寫成月，而是寫成舟。
　　六朝寫經，常見涅槃二字。槃字左上角有些寫成月，有些也寫成
舟。北齊後主天統三年（567）的《十地論》鈔本，槃字左上角就寫
成舟。隋唐寫經，隋煬帝大業元年（605）《大般涅槃經》的鈔本，
以及唐中宗景龍二年（708）《大般涅槃經》的鈔本，都有般字與槃
字。般字左側寫成舟，槃字左上角也寫成舟。（請見表2-4-7）

表2-4-7　《十地論》、《大般涅槃經》、《大般涅槃經》

槃	般	槃	般	槃
槃	股	槃	般	槃
《十地論》[60]	《大般涅槃經》[61]		《大般涅槃經》[62]	

56　《石門頌》，頁24。

57　《爨寶子・爨龍顏碑》，頁23。

58　《爨寶子・爨龍顏碑》，頁57。

59　《真草千字文》，頁23。

60　《六朝寫經集》，目次29。

61　《隋唐寫經集》，目次5。日本東京：二玄社。

62　《隋唐寫經集》，目次22。

　　唐太宗貞觀六年（632）歐陽詢〈九成宮醴泉銘〉：「樂不般遊」的般字，高宗龍朔三年（663）歐陽通〈道因法師碑〉：「涅槃」的槃字，武宗會昌元年（841）柳公權〈玄秘塔碑〉：「涅槃」的槃字，般字左側，槃字左上角，也都寫成舟了。（請見表2-4-8）

表2-4-8　〈九成宮醴泉銘〉、〈道因法師碑〉、〈玄秘塔碑〉

般	樂	槃
〈九成宮醴泉銘〉[63]	〈道因法師碑〉[64]	〈玄秘塔碑〉[65]

　　就像是這樣，我們可以試著想想看，隸書以後的般字，如果左側也是寫成月的話，般字與股字，就可能難以辨識。但是槃字與磐字，左上角可以寫成月，也沒有辨識的困難。其實，般字左側寫成舟，股字左側寫成月，一個並不是舟，一個也並不是月，都是趨同演化所造成的。

第五節　朋、倗、崩、崩、鵬：月不是月，原來是？

　　朋友的朋字，為什麼會有兩個月亮？無論這兩個寫成月的原來會是什麼，都不可能是月亮。

　　朋友的朋字，曾經寫成倗。《說文解字》倗字釋為：「輔也。从人，朋聲。」可以幫助我們的人，原來是倗字，我們現在都用朋字來代替。《周禮》〈秋官〉士師之職掌，掌士之八成，「七曰，為邦

[63] 《九成宮醴泉銘》，頁37。
[64] 《道因法師碑・泉男生墓誌銘》，頁5。
[65] 《玄秘塔碑》，頁15。

朋」。〈注〉：「朋黨相阿，使政不平者。故書，朋作倗。[66]」倗與
佣一樣，也是朋友的朋。《說文解字》鳳字釋爲神鳥，又說：「鳳
飛，羣鳥從以萬數，故以爲朋黨字。」認爲古文鳳字，就是我們現在
所寫的朋友的朋。鵬，也是古文鳳字[67]。

　　朋字與倗字的關係，《甲骨文字集釋》所釋頗爲詳盡。「治說文
者，多以此（倗）爲朋友之本字，不知此乃朋之異文也。蓋朋象朋
貝，亦即頸飾。倗則象人著頸飾之形，其實一也。朋之與倗，猶賏之
與嬰也。朋友爲五倫之一，其字無由以象形會意出之。作朋作倗，
皆假借其字。[68]」又說：「後世朋爲貨幣單位之專名，賏爲頸飾之專
名，其始實同實同名也[69]」。（請見表2-5-1）

　　《說文解字》賏字釋爲：「頸飾也。從二貝。[70]」一串貝爲賏，
也就是朋。金文朋字與甲骨文相似，常有貝與朋連言，貝一朋、貝五
朋、貝十朋等等。（請見表2-5-1）

表2-5-1　　《說文解字》、《甲骨文字集釋》、《金文詁林》

朋	倗	朋	倗	朋	倗
《說文解字》[71]		《甲骨文字集釋》[72]		《金文詁林》[73]	

66 《周禮注疏及補正》，卷35。
67 《說文解字注》，頁150。
68 《甲骨文字集釋》，卷8，頁2627、2628。
69 《甲骨文字集釋》，卷4，頁1379、1380。
70 《說文解字注》，頁285。
71 《說文解字注》，頁150、374。
72 《甲骨文字集釋》，卷4，頁1369、卷8，頁2627。
73 《金文詁林》卷6，字0842、卷8，字1068。

　　漢初馬王堆漢墓帛書〈戰國縱橫家書〉：「失計韓倗」，倗字右下角寫得像是丮的，應是甲骨文與金文的朋字。外加的冂形，就像金文倗字，把人加在朋字的上方與右側。東漢靈帝熹平六年（177）隸書〈尹宙碑〉：「交朋會友」的朋字，朋與冂形合併，開始寫成像是我們現在的朋字，其實也就是倗字。（請見表2-5-2）

表2-5-2　〈戰國縱橫家書〉、〈尹宙碑〉、《金文詁林》

倗	朋	倗	
〈戰國縱橫家書〉[74]	〈尹宙碑〉[75]	《金文詁林》[76]	

　　北魏孝明帝正始五年（508）〈高慶碑〉：「並于朋友」的朋字，第一筆撇畫突出，與第二筆不密接成冂，與金文頗為相似。宣武帝延昌二年（513）〈元顯儁墓誌銘〉：「三益之良朋」的朋字，孝明帝熙平二年（517）〈崔敬邕墓誌銘〉：「泣庭訓之崩沉」的崩字，也是如此。（請見表2-5-3）

表2-5-3　〈高慶碑〉、〈元顯儁墓誌銘〉、〈崔敬邕墓誌銘〉

朋		崩
〈高慶碑〉[77]	〈元顯儁墓誌銘〉[78]	〈崔敬邕墓誌銘〉[79]

---

[74] 《木簡·竹簡·帛書》，頁13。

[75] 《漢尹宙碑》，頁23。

[76] 《金文詁林》卷8，字1068。

[77] 《高慶碑／松滋公元萇溫泉頌》，頁31。

[78] 《墓誌銘集》〈上〉，頁19。

[79] 《墓誌銘集》〈上〉，頁64。

　　東晉安帝義熙元年（405）〈爨寶子碑〉：「不騫不崩」的崩字，朋似乎已經沒有明顯的冂的寫法，僅寫成像是兩個向左稍稍傾斜的月了。北魏孝明帝正光三年（522）〈張猛龍碑〉：「友朋□□」、「朋儕慕其雅尚」的朋字，龍門二十品〈魏靈藏薛法紹造像記〉：「鵬擊龍花」的鵬字，也是如此。（請見表2-5-4）

表2-5-4　　〈爨寶子碑〉、〈張猛龍碑〉、〈魏靈藏薛法紹造像記〉

崩	朋		鵬
〈爨寶子碑〉[80]	〈張猛龍碑〉[81]		〈魏靈藏薛法紹造像記〉[82]

　　貞觀二十年（646）唐太宗所寫的〈晉祠銘〉：「綱紀崩淪」的崩字，朋仍然明顯保有稍稍傾斜的冂的寫法。玄宗天寶十一年（752）顏真卿〈多寶塔碑〉：「莫不崩悅」的崩字，「鵬運滄溟」的鵬字，朋也都是這樣寫。（請見表2-5-5）

表2-5-5　　〈晉祠銘〉、〈多寶塔碑〉

崩	崩	鵬
〈晉祠銘〉[83]	〈多寶塔碑〉[84]	

80　《爨寶子碑・爨龍顏碑》，頁17。

81　《張猛龍碑》，頁20、24。

82　《龍門二十品》〈上〉，頁44。

83　《晉祠銘・溫泉銘》，頁33。日本東京：二玄社。

84　《多宝塔碑》，頁18。

　　虞世南〈孔子廟堂碑〉：「有晉崩離」的崩字，朋已經寫成兩個沒有傾斜的月。宋代刻本，孝宗淳熙八年（1181）出版的《文選》，顏延年〈赭白馬賦〉：「都人仰而朋悅」的朋字，鮑明遠〈還都道中作〉：「崩波不可留」的崩字，朋也是寫成兩個沒有傾斜的月了。（請見表2-5-6）

表2-5-6　〈多寶塔碑〉、《文選》

崩	朋	崩
崩	朋	崩
〈孔子廟堂碑〉[85]	《文選》[86]	

第六節　青、清、靜、瀞、情：月不是月，原來是？

　　《中文大辭典》，如果你查詢青部，第一個出現的字，並不是青，而是靑[87]。青字的下半，我們現在習慣寫成月，清字也是，靜字也是。許多從青所衍生的字，安靜的靜，靜字再加上水的瀞字，青字加心的情字，我們會寫成月的，其實都並不是月亮的月。

　　《說文解字》有靑部，小篆青字的下半，並不是寫成月，而是寫成丹。甲骨文青字下半也寫成丹，金文青字寫成丹，或是井。丹字的意思，原來與井相同，就是一個坑洞。以後，取水用的稱爲井，取赤石的稱爲丹，才有不同的意思。（請見表2-6-1）

85　《孔子廟堂碑》，頁33。

86　《文選》，頁209、391。

87　《中文大辭典》，冊9，頁1558。臺北：中國文化大學印行。

表2-6-1　《說文解字》、《甲骨文字集釋》、《金文詁林》、〈牆盤〉

青	青	青	青
《說文解字》[88]	《甲骨文字集釋》[89]	《金文詁林》[90]	〈牆盤〉[91]

　　甲骨文有許多陷阱的阱字，非常可愛，畫的是一隻鹿掉入陷阱之中。上半是一隻鹿，下半應該就是作為陷阱的井。陷阱的井，甲骨文寫成井、寫成凵、寫成丹，或丹字中央寫成不加上一點的寫法。丹字與井字，看起來寫法有別，而意義是一樣的。（請見表2-6-2）

表2-6-2　《甲骨文字集釋》

井	凵	丹	
井	凵	丹	丹
《甲骨文字集釋》[92]			

　　青字下半的月，原來並不是月亮，而是丹，也就是井。青字的上半，甲骨文畫的是屮。把屮放進有水的坑洞裡，也就是藍染，「青出於藍」的製程。在水池中浸泡藍草，以取得藍染可用的染料。

　　金文有許多靜字，青字的下半，寫成井、寫成丹，或丹字中央不

88　《說文解字注》，頁218。

89　《甲骨文字集釋》，卷5，頁1739。

90　《金文詁林》卷5，字0667。

91　《甲骨文・金文》，頁48。日本東京：二玄社。

92　《甲骨文字集釋》，卷5，頁1743。

加上一點。青字的上半，則寫成中加一點，中加一橫，或者是中加上一點一橫。像是〈秦公簋〉的靜字，中加上一短橫一長橫，以後就成為小篆的寫法，也就是我們現在寫成三橫一豎的由來。〈牆盤〉的青字，也是這樣寫。漢初馬王堆漢墓帛書〈五十二病方〉：「青蒿」的青字，下半寫成像是月，可是右上角兩筆並不相連，應該還是丹。青字上半，仍然約略可見中字的樣子。只是，可惜的是，我們現在寫青字，已經完全無法想到中，也無法想到井，更無法想到「青出於藍」。

《十鐘山房印舉》〈姓名二十七〉：〈陳青〉印，〈姓名私印七〉：〈青世私印〉。青字上半，也仍然顯見中字的樣子。（請見表2-6-3）

表2-6-3　《金文詁林》、〈五十二病方〉、《十鐘山房印舉》

靜					青		
《金文詁林》[93]					〈五十二病方〉[94]	《十鐘山房印舉》[95]	

《中文大辭典》，青部的第二個字才是青，並說明青是青的俗字[96]。又說明篆書寫成丹，隸書楷書寫成月的演變。從隸書〈禮器碑〉到楷書〈張猛龍碑〉，以及唐碑與木刻的字書，所用的青字，下半都寫成月。

唐太宗貞觀六年（632）歐陽詢〈九成宮醴泉銘〉：「東越青

93　《金文詁林》卷5，字0668。

94　《木簡·竹簡·帛書》，頁9。

95　《十鐘山房印舉》，冊2，頁731、冊3，頁975。

96　《中文大辭典》，冊9，頁1595。

丘」的青字，「其清若鏡」的清字，代宗大曆十四年（779）顏眞卿
〈顏勤禮碑〉：「以清白名聞」的清字，青字與清字的右下角也都寫
成月。（請見表2-6-4）

表2-6-4　〈禮器碑〉、〈張猛龍碑〉、〈九成宮醴泉銘〉、〈顏勤
　　　　　禮碑〉

青	青	青	清	清
〈禮器碑〉[97]	〈張猛龍碑〉[98]	〈九成宮醴泉銘〉[99]		〈顏勤禮碑〉[100]

　　　青字與靑字，在宋代刊本有時混用。宋神宗元豐三年（1080）
所刻的《李太白文集》，〈將進酒〉：「朝如青絲暮成雪」、〈宣州
謝朓樓餞別校書叔雲〉：「欲上青天覽明月」，都刻成青字。〈蜀道
難〉：「難於上青天」、〈長干行〉：「遶牀弄靑梅」，則是刻成靑
字。（請見表2-6-5）

表2-6-5　《李太白文集》

青	青	靑	靑
《李太白文集》[101]			

---

[97] 《禮器碑》，頁2。

[98] 《張猛龍碑》，頁17。

[99] 《九成宮醴泉銘》，頁10、21。

[100] 《顏勤禮碑》，頁66。

[101] 《李太白文集》，頁103、387、132、98。

　　馬王堆漢墓帛書，今本《老子》第十五章：「孰能濁以靜之徐清」，第十六章：「致虛極守靜篤」，〈老子甲本〉靜字都寫成情。〈老子甲本〉與〈老子乙本〉，情字、靜字、清字，青的下半，都並不是寫成月，而是寫成丹字中央不加上一點的寫法。更值得注意的是，〈老子甲本〉寫青的上半，仍約略可見屮字的筆意，而不只是寫成三橫一豎的樣子。（請見表2-6-6）

　　《說文解字》瀞字釋爲：「無垢薉」，段玉裁認爲：「古瀞今淨，是之謂古今字。[102]」，又說：「古書多假清爲瀞」。《說文解字》靜字釋爲：「宷也」，段玉裁說：「采色詳宷得其宜，謂之靜。[103]」，《說文解字》清字釋爲：「朖也，澂水之皃」，段玉裁認爲：「引申之，凡潔曰清，凡人潔之亦曰清，同瀞[104]」。清字、靜字、瀞字、淨字，原來都是從青字衍生而來，都是指藍染製程的「青出於藍」。

　　如前所述，今本《老子》第十五章與第十六章，〈老子甲本〉會把靜字寫成情。但是，今本《老子》第五十七章：「我好靜而民自正」的靜字，〈老子甲本〉就寫成靜。靜字寫成情，也許會被認爲可能是「倉促無其字」。從〈老子甲本〉看來，書寫者並不是不知道靜字，那是說不通的。或許，我們應該可以合理推測，書寫者也許認爲情字就是靜字，意思是一樣的。或者說，書寫者所抄寫的《老子》，原本就是這樣寫。現在我們會把情字作爲心動，把靜字作爲心不動。其實，這兩個字，都出自於藍染的青，都只是沉澱藍草的製程，借以比擬沉澱心念的意思。（請見表2-6-6）

---

102 《說文解字注》，頁565。
103 《說文解字注》，頁218。
104 《說文解字注》，頁555。

表2-6-6　〈老子甲本〉、〈老子乙本〉

情	清	靜	清	靜
恚	清	鵠	淸	靚
〈老子甲本〉[105]		〈老子乙本〉[106]		〈老子甲本〉[107]

　　近代篆刻家，漢字造詣都很強。蘇宣（？-1621-？）〈玉堂青瑣〉的青字，錢松（1807-1860）〈青山淡吾慮〉的青字，吳熙載（1799-1870）〈丹青不知老將至〉的青字，青字下半都不是月，而是丹。（請見表2-6-7）

表2-6-7　《書道全集》

青	青	青
《書道全集》[108]		

---

[105] 〈老子甲本〉，行122、121。

[106] 〈老子乙本〉，行231下、231上。

[107] 〈老子甲本〉，行42。

[108] 《書道全集》，卷16《印譜》，頁70、129、141。

第三章

口不是口

　　如果有人說，某字所寫的口，並不是嘴巴的口，那麼，你會想到的，應該就是大口小口。大口是口，小口是嘴。其實，漢字之中的口，不僅是有大口小口混淆不清，還有更多寫成口的，都不一定指的是嘴。

第一節　保、緥、褓、褒、褻：口不是口，原來是？

　　保，是一個很常用的字。保養、保護、保證、保險、保全、勞保、健保，使用保字的詞彙多到數不完。但是，寫保字的時候，我們心裡應該曾經都有過疑問，保字右側爲什麼要寫成呆。

　　呆字單獨寫的時候，我們如果望文生義，可能把呆字拆解成口與木。也許會以爲呆是口才木訥，就像目瞪口呆所形容的樣子。但是，呆字加上人，竟然成爲保，就讓人難以理解了。甲骨文與金文，保字右側其實並不是寫成呆。

　　甲骨文保字，有繁寫也有簡寫。繁寫的保字，子畫的是嬰兒，可見一人手臂手掌向後伸展，象背負嬰兒的樣子；簡寫的保字，也仍然可見嬰兒在背負者的背部，只是沒有畫出向後伸長的手臂。金文，繁寫的保字與甲骨文相似。簡寫的保字，背負者的手臂在嬰兒的右下方，簡化成一筆短線。或者再多加一筆，像是雙臂，成爲以後保字右側的呆。《說文解字》小篆，也是嬰兒身旁有雙臂呵護。古文加爪，爪是手掌，與甲骨文金文繁寫的保字相似，只是手掌移到嬰兒頭頂。（請見表3-1-1）

表3-1-1　《甲骨文字集釋》《金文詁林》《說文解字》

《甲骨文字集釋》[1]		《金文詁林》[2]			《說文解字》[3]	

　　漢初馬王堆漢墓帛書，今本《老子》第九章：「揣而銳之，不可長保。」，句中的保字，〈老子甲本〉與〈老子乙本〉都寫成葆，保的右側，都已經寫成像是我們現在所寫的樣子。今本《老子》第五十五章：「含德之厚，比於赤子。」，〈老子甲本〉句中的子字，明顯寫成嬰兒雙臂微微上舉，比較接近小篆的寫法。〈老子乙本〉的子字，寫的就是隸書了。（請見表3-1-2）

表3-1-2　〈老子甲本〉、〈老子乙本〉

保	子	保	子
〈老子甲本〉[4]		〈老子乙本〉[5]	

　　東漢安帝元初四年（117）所刻的〈祀三公山碑〉，碑文中有小篆保字，與《說文解字》的小篆保字相似，只是嬰兒的雙臂沒有上舉，保字右上角略呈倒三角形，右下角也不像是木，與碑文中相字的

---

[1]　《甲骨文字集釋》，卷8，頁2611。

[2]　《金文詁林》卷8，字1060。

[3]　《說文解字注》，頁369。

[4]　〈老子甲本〉，行107、36。

[5]　〈老子乙本〉，行224上、190下。

木顯然不同。《十鐘山房印舉》〈官印二十一〉：〈漢保塞烏桓率眾長〉，印文中也有保字，保字右側的子，嬰兒的雙臂微微上舉。而且左下角並不是寫成木，與印文中桓字左側的木明顯有別。（請見表3-1-3）

表3-1-3　〈祀三公山碑〉、《十鐘山房印舉》

保	相	保	桓
〈祀三公山碑〉[6]		《十鐘山房印舉》[7]	

　　東晉安帝義熙元年（405）所刻的〈爨寶子碑〉與南朝宋孝武帝大明二年（458）〈爨龍顏碑〉，習稱二爨，字體在隸書與楷書之間。二爨都有保字，保字右側並不是呆。保字右下角不寫成木，也和右上角的口並不相連；右上角的口已經寫成正方形，與子字上半略呈三角形的樣子有所不同了。（請見表3-1-4）

表3-1-4　〈爨寶子碑〉、〈爨龍顏碑〉

保	子	保	子
〈爨寶子碑〉[8]		〈爨龍顏碑〉[9]	

6　《祀三公山碑‧裴岑紀功碑》。

7　《十鐘山房印舉》，冊1，頁224。

8　《爨寶子‧爨龍顏碑》，頁17、4。

9　《爨寶子‧爨龍顏碑》，頁103、33。

　　龍門二十品，北魏宣武帝景明三年（502）〈孫秋生劉起祖等造像記〉，以及北魏〈北海王國太妃高造像記〉，記中都有保字。保的右下角有寫成木的，也有寫成像是二爨一樣的保字。（請見表3-1-5）

表3-1-5　〈孫秋生劉起祖等造像記〉、〈北海王國太妃高造像記〉

保	保	保	保
〈孫秋生劉起祖等造像記〉[10]		〈北海王國太妃高造像記〉[11]	

　　從〈祀三公山碑〉到二爨，以及北魏造像記，保字右下角，都有不寫成木的寫法。書寫者似乎都知道，那並不是木，當然口也不是口。

　　北魏孝明帝正光二年（521）所刻的〈司馬顯姿墓誌銘〉：「當保令終」，保字右下角也不寫成木，和右上角的口並不相連。北周武帝保定元年（561）所寫的《大般涅槃經》卷後有紀年，保定的保，右側就寫成呆。（請見表3-1-6）

表3-1-6　〈司馬顯姿墓誌銘〉、《大般涅槃經》

保	保
〈司馬顯姿墓誌銘〉[12]	《大般涅槃經》[13]

10　《龍門二十品》〈下〉，頁14、9。

11　《龍門二十品》〈上〉，頁47、48。

12　《墓誌銘集》〈下〉，頁29。

13　《六朝寫經集》，目次30。

《說文解字》衣部，沒有我們現在使用的褓字，糸部有緥字，釋爲「小兒衣」。衣部有褒字，从衣，从古文保省聲。古文保字，右上角有爪。我們現在把褒字寫成褒，與褓字其實都是相同的。

漢碑隸書有許多褒字。東漢明帝永平九年（66）〈開通褒斜道刻石〉，文中有兩個褒字：「褒中」的褒字幾乎完全殘損，「褒余」的褒字雖略有殘損，仍可見呆寫成子。子的上半是倒三角形，並不是口。東漢桓帝建和二年（148）〈石門頌〉：「褒中」的褒字，呆也是寫成子。（請見表3-1-7）

表3-1-7　《說文解字》、〈開通褒斜道刻石〉、〈石門頌〉

保	褒	

《說文解字》[14]	〈開通褒斜道刻石〉[15]	〈石門頌〉[16]

東漢桓帝永興元年（153）〈乙瑛碑〉：「褒成侯」的褒字，桓帝永壽二年（156）〈禮器碑〉：「王褒」的褒字，靈帝建寧二年（169）〈史晨碑〉：「褒成世享之封」的褒字，靈帝中平二年（185）〈曹全碑〉：「侯褒」的褒字，呆也都是寫成子。（請見表3-1-8）

14 《說文解字注》，頁369。

15 《開通褒斜道刻石》。日本東京：二玄社。

16 《石門頌》，頁69。

表3-1-8　〈乙瑛碑〉、〈禮器碑〉、〈史晨碑〉、〈曹全碑〉

〈乙瑛碑〉[17]	〈禮器碑〉[18]	〈史晨碑〉[19]	〈曹全碑〉[20]

　　唐太宗貞觀二年（628）虞世南〈孔子廟堂碑〉：「爲襃聖侯」的襃字，子已經寫成像是呆了。貞觀六年（632）歐陽詢〈九成宮醴泉銘〉：「永保貞吉」的保字，高宗龍朔三年（663）歐陽通〈道因法師碑〉：「保素眞源」的保字，代宗大曆十四年（779）顏眞卿〈顏勤禮碑〉：「太子少保」的保字，也都把保字右側寫成呆了。（請見表3-1-9）

表3-1-9　〈孔子廟堂碑〉、〈九成宮醴泉銘〉、〈道因法師碑〉、
　　　　　〈顏勤禮碑〉

襃	保		
〈孔子廟堂碑〉[21]	〈九成宮醴泉銘〉[22]	〈道因法師碑〉[23]	〈顏勤禮碑〉[24]

17　《乙瑛碑》，頁5。

18　《禮器碑》，頁43。

19　《史晨碑》，頁17。

20　《曹全碑》，頁44。

21　《孔子廟堂碑》，頁23。

22　《九成宮醴泉銘》，頁38。

23　《道因法師碑・泉男生墓誌銘》，頁36。

24　《顏勤禮碑》，頁49。

第二節　或、域、國、邦、邑、衛、圍、韋：口不是口，原來是？

　　或多或少，或者，或許，或字是一個常用的字。但是，或字不僅是一個不肯定的疑辭，就如同所有的漢字，或字本來其實是有很肯定的意義。或字有個小小的口，這個小小的口，也並不是吃飯說話的口。

　　或字與域字，我們現在是兩個意義不同的字。《說文解字》或字與域字是相同的，域就是或的另一種寫法，《說文解字》或字在戈部，釋爲：「邦也，从口」；國字在口部，釋爲：「邦也，从口从或」。兩個字都从口，兩個字都釋爲邦。段玉裁認爲，「古或國同用[25]」，兩個字意思是一樣的。國字，在或字外圍再加上口，國字內有小口，外有大口，其實都是口，都是大口。大口的口，就是周圍與圍繞的圍，是指一個區域的意思。

　　甲骨文或字，就是國的意思。金文有或字，也有國字，外加口與外加匚的國字，可以和成爲語辭的或字有所區別。（請見表3-2-1）

表3-2-1　《說文解字》、《甲骨文字集釋》、《金文詁林》

或	國	或	或	國
或 域	國	可	可	國 匚
《說文解字》[26]		《甲骨文字集釋》[27]	《金文詁林》[28]	

---

[25]　《說文解字注》，頁280。

[26]　《說文解字注》，頁637、280。

[27]　《甲骨文字集釋》，卷12，頁3773。

[28]　《金文詁林》卷12，字1607。

　　東漢靈帝中平二年（185）的〈曹全碑〉：「或在安定」的或字、「西域」的域字、「國王」的國字，隸書與我們現在楷書的樣子相同。碑文「或在安定，或處武都，或居隴西，或家敦煌」，或字已經用爲語辭。（請見表3-2-2）

表3-2-2　〈曹全碑〉

或	域	國
〈曹全碑〉[29]		

　　漢初馬王堆漢墓帛書，〈老子甲本〉與〈老子乙本〉都有或字與國字，〈老子甲本〉還有邦字。今本《老子》第二十五章：「域中有四大」，〈老子甲本〉與〈老子乙本〉相同，域字都寫成國。《十鐘山房印舉》〈姓名二十一〉：〈國弓〉印，或的左下角，短橫寫成土，等於是在域字外再加上口。（請見表3-2-3）

表3-2-3　〈老子甲本〉、〈老子乙本〉、《十鐘山房印舉》

域		國
〈老子甲本〉[30]	〈老子乙本〉[31]	《十鐘山房印舉》[32]

---

[29] 《曹全碑》，頁5、13。

[30] 〈老子甲本〉，行142。

[31] 〈老子乙本〉，行240下。

[32] 《十鐘山房印舉》，冊2，頁690。

　　今本《老子》第六十一章：「故大國以下小國，則取小國；小國以下大國，則取大國。故或下以取，或下而取。大國不過欲兼畜人，小國不過欲入事人。」接連有八個國字，兩個或字。〈老子甲本〉國都寫成邦。

　　從〈老子甲本〉與〈老子乙本〉所使用的國字與或字，可見這兩個字已經有不同的意義。並且可以知道，國就是域，邦就是國。國字、域字、邦字，是可以通用的。我們現在寫楷書邦字，看不到有口。其實邦字右側的阝是邑，不但有口而且是大口的口。（請見表3-2-4）

表3-2-4　〈老子甲本〉、〈老子乙本〉

國	或	國	或
邦	或	國	或
〈老子甲本〉[33]		〈老子乙本〉[34]	

　　金文邦字左側的丰，很多都少了一短橫，有些會加上一點。《十鐘山房印舉》〈官印十五〉有〈邦侯〉印二方，小篆邦字左側的丰，就多加了一短橫，與《說文解字》的邦字相同。甲骨文邦字，不是從邑，而是從田，田的意思與口是一樣的。丰與金文的寫法相同，也沒有像小篆多加一短橫。（請見表3-2-5）

---

[33] 〈老子甲本〉，行50、49。

[34] 〈老子乙本〉，行197上。

表3-2-5　《金文詁林》、《說文解字》、《十鐘山房印舉》、《甲
骨文字集釋》

《金文詁林》[35]	《說文解字》[36]	《十鐘山房印舉》[37]	《甲骨文字集釋》[38]

　　《說文解字》邦字釋爲國，邑字也釋爲國。

　　甲骨文與金文，邑字都與《說文解字》小篆相同。從口，從卪。邑字下半的卪，是一個人跪坐的樣子。邑字上半的口，就是邑人所在的地方。《十鐘山房印舉》官印有許多邑字，〈官印十七〉：〈衛園邑印〉，邑字與《說文解字》小篆相同。〈官印二十一〉：〈魏率善胡邑長〉，邑字上半是小篆的口，當然那應該不是小口的口，而應該是大口的口。（請見表3-2-6）

表3-2-6　《說文解字》、《甲骨文字集釋》、《金文詁林》、《十
鐘山房印舉》

《說文解字》[39]	《甲骨文字集釋》[40]	《金文詁林》[41]	《十鐘山房印舉》[42]	

---

[35]　《金文詁林》卷6，字0844。

[36]　《說文解字注》，頁285。

[37]　《十鐘山房印舉》，冊1，頁187。

[38]　《甲骨文字集釋》，卷6，頁2167。

[39]　《說文解字注》，頁285。

[40]　《甲骨文字集釋》，卷6，頁2165。

[41]　《金文詁林》卷6，字0843。

[42]　《十鐘山房印舉》，冊1，頁201、227。

　　韋字與圍字，就像或字與國字一樣。韋字中央已經有一個口，外面又再加一個口寫成圍字，或字與國字，本來是一樣的意思，韋字與圍字，甚至衛字，本來也是一樣的意思。

　　《說文解字》衛字釋爲：「宿衛也，从韋帀行」。甲骨文行字，畫的是道路[43]。衛字从行从方，从韋省。方，是方國的意思。金文衛字與甲骨文相似，都有止。止畫的是腳掌，有的還畫成寫實的樣子。金文衛字或从方，或从口，或省行。也有从行从韋，和我們現在楷書的寫法相似。《說文解字》小篆衛字从行，韋不省，又再加上帀。這些衛字的寫法大同小異，都是在描繪有人擔任守衛的意思，韋字也是，圍字也是。（請見表3-2-7）

表3-2-7　《甲骨文字集釋》、《金文詁林》、《說文解字》

衛	衛	衛	衛	衛	衛
《甲骨文字集釋》[44]		《金文詁林》[45]		《說文解字》[46]	

　　《十鐘山房印舉》〈官印七〉：〈中衛司馬〉印，衛字有帀，與《說文解字》小篆相同。〈姓名十八〉：〈衛成〉，〈官印十七〉：〈衛園邑印〉，印文都把帀省爲巾。東漢桓帝建和二年（148）隸書〈石門頌〉：「更隨圍谷」的圍字，也是把帀省爲巾，又把韋省去了一個止。（請見表3-2-8）

---

[43]　《甲骨文字集釋》，卷2，頁0609。

[44]　《甲骨文字集釋》，卷2，頁0615。

[45]　《金文詁林》卷2，字0234。

[46]　《說文解字注》，頁79。

表3-2-8　《十鐘山房印舉》、〈石門頌〉

《十鐘山房印舉》[47]			〈石門頌〉[48]

　　龍門二十品，北魏宣武帝景明三年（502）所刻的〈孫秋生劉起祖等造像記〉：「衛榮方」，楷書衛字沒有从帀，和我們現在的寫法相似。孝明帝熙平二年（517）〈崔敬邕墓誌銘〉：「妙簡宮衛」的衛字與「出圍僑義陽」的圍字，就寫成我們現在的樣子了。（請見表3-2-9）

表3-2-9　〈孫秋生劉起祖等造像記〉、〈崔敬邕墓誌銘〉

衛		圍
〈孫秋生劉起祖等造像記〉[49]	〈崔敬邕墓誌銘〉[50]	

　　東漢桓帝永壽二年（156）隸書〈禮器碑〉：「騶韋仲卿」的韋字，靈帝中平三年（186）〈張遷碑〉：「韋公遠」、「韋排山」的韋字，也寫成和我們現在的楷書相似。有時韋字會把兩個止的縱畫連起來寫，貫穿了中央的口。〈禮器碑〉〈張遷碑〉韋字中央寫成口，那當然不是小口的口，而應該也是大口的口。（請見表3-2-10）

---

[47] 《十鐘山房印舉》，冊1，頁138、冊2，頁670、冊1，頁201。

[48] 《石門頌》，頁14。

[49] 《龍門二十品》〈下〉，頁10。

[50] 《墓誌銘集》〈上〉，頁59、60。

表3-2-10　〈禮器碑〉、〈張遷碑〉

車	車	韋
〈禮器碑〉[51]	〈張遷碑〉[52]	

第三節　各、舍、出、去：口不是口，原來是？

　　各、舍、出、去，口不是口，看起來眞的是有點瞎。各字與舍字都有口沒錯，出字與去字，哪來的口，爲什麼也有口不是口的問題。其實，這一點也不瞎。我們現在的寫法，出字與去字，看起來是沒有口。但是，在小篆之前，甲骨文的時代，出字與去字的下半，都曾經是有口的。當然，出字與去字的口，與各字舍字一樣，都不是說話吃飯的口。甲骨文出字，上半寫成止，下半有些寫成口，有些寫成凵，還有在左側或右側加上彳的。有彳有止，彳畫的是道路，止畫的是腳掌，表示出字一定與走路有關。（請見表3-3-1）

表3-3-1　《甲骨文字集釋》

出			去
𧾷	𧾷	彿	𠫔
《甲骨文字集釋》[53]			

　　《說文解字》各字在口部，釋為「異詞」，從口夂。認為各字從口，應當與說話有關。《說文解字》釋夂為「行而止之」，則與甲骨文金文意義相近。甲骨文與金文，各字與出字，上半都是止。止就是腳掌，各字寫成腳掌向下，出字寫成腳掌向上，意思正好相反。各是回到家，出是離開家的意思。各字是到達，所以及格就有達到標準的意思。（請見表3-3-2）

表3-3-2　《說文解字》、《甲骨文字集釋》、《金文詁林》

《說文解字》[54]	《甲骨文字集釋》[55]	《金文詁林》[56]			

　　甲骨文各字，下半有些寫成口，有些寫成凵。寫成口，或者寫成凵，意思應該是一樣的。各字上半都寫成夂，夂就是把止倒過來寫。金文各字，還有在各之外再加上彳，或再加上止，當然也表示各字與走路有關。

　　漢初馬王堆漢墓帛書，今本《老子》第十五章：「儼兮其若客」，〈老子乙本〉的客字，各的下半就寫成篆書的口。《十鐘山房印舉》〈姓二名七〉：〈杜勝客〉印，客字的各，口的左上角右上角並不向上伸長。隸書各字，東漢靈帝建寧二年（169）〈史晨碑〉：「各種一行梓」的各字，靈帝中平二年（185）的〈曹全碑〉：「各獲人爵之報」的各字，就是我們現在楷書所寫的樣子。（請見表3-3-3）

54　《說文解字注》，頁61。
55　《甲骨文字集釋》，卷2，頁0399。
56　《金文詁林》卷2，字0126。

表3-3-3　〈老子乙本〉、《十鐘山房印舉》、〈史晨碑〉、〈曹全碑〉

〈老子乙本〉[57]	《十鐘山房印舉》[58]	〈史晨碑〉[59]	〈曹全碑〉[60]

　　舍字也有口。《說文解字》小篆舍字，與金文舍字是一樣的。《說文解字》釋舍字為「市居」，釋口象築，也就是房子。段玉裁認為，舍字的口「音圍」，也就是我們現在所稱呼的大口。舍字的口，不是說話吃飯的口，而是一個住所。（請見表3-3-4）

表3-3-4　《說文解字》、《金文詁林》

《說文解字》[61]	《金文詁林》[62]		

　　現在的辭典，有的會把舍字歸屬在舌部。舍字與舌頭根本毫無關係，查部首的時候，必然會產生很多困擾。

　　漢初馬王堆漢墓帛書，〈老子甲本〉與〈老子乙本〉都有舍字。今本《老子》第六十七章：「舍慈且勇，舍儉且廣，舍後且先」，

---

[57] 〈老子乙本〉，行230下。

[58] 《十鐘山房印舉》，冊2，頁807。

[59] 《史晨碑》，頁65。

[60] 《曹全碑》，頁26。

[61] 《說文解字注》，頁225。

[62] 《金文詁林》卷5，字0692。

〈老子甲本〉舍字與金文相似，〈老子乙本〉則近於隸書，就是我們現在楷書所寫的樣子。舍字的意思，被使用為動詞的捨。

隸書舍字，東漢桓帝永興元年（153）〈乙瑛碑〉：「百石吏舍」的舍字，〈史晨碑〉：「顏母井舍」的舍字，〈曹全碑〉：「聽事官舍」的舍字，都和我們現在所寫的舍字相似。不同的是，舍字中央我們現在寫成干，隸書寫成土，或者是寫成工。（請見表3-3-5）

表3-3-5　〈老子甲本〉、〈老子乙本〉、〈乙瑛碑〉、〈史晨碑〉、〈曹全碑〉

舍	舍	舍	舍	舍
〈老子甲本〉[63]	〈老子乙本〉[64]	〈乙瑛碑〉[65]	〈史晨碑〉[66]	〈曹全碑〉[67]

王羲之〈蘭亭脩稧詩集叙〉：「趣舍萬殊」的舍字，智永〈眞草千字文〉：「丙舍傍啓」的舍字，唐高宗儀鳳四年（679）歐陽通〈泉男生墓誌銘〉：「官舍」的舍字，武宗會昌元年（841）柳公權〈玄秘塔碑〉：「舍利」的舍字，也像〈乙瑛碑〉一樣，中央都寫成土，下半寫成口。（請見表3-3-6）

---

[63]　〈老子甲本〉，行69。

[64]　〈老子乙本〉，行207下。

[65]　《乙瑛碑》，頁42。

[66]　《史晨碑》，頁65。

[67]　《曹全碑》，頁26。

表3-3-6 〈蘭亭集叙〉、〈真草千字文〉、〈泉男生墓誌銘〉、
〈玄秘塔碑〉

舎	舍	舍	舍
〈蘭亭集叙〉[68]	〈真草千字文〉[69]	〈泉男生墓誌銘〉[70]	〈玄秘塔碑〉[71]

　　甲骨文出字，如前所述，出字的下半，有些會寫成口，有些會寫成凵。金文出字，就都是寫成凵。《甲骨文字集釋》認為，出字從止從凵，可能象古人有穴居者。止字與凵有向有背，相背者如果是出字，相向者應該就是各字。《說文解字》認為，出字「象艸木益茲」，因此釋為進的意思。段玉裁也認為，「艸木由才而中，而之，而出，日益大矣。」都是把止看成是中。（請見表3-3-7）

表3-3-7 《甲骨文字集釋》、《金文詁林》、《說文解字》

㞢	㞢	㞢	㞢	屮
《甲骨文字集釋》[72]		《金文詁林》[73]		《說文解字》[74]

　　《說文解字》之字釋為：「出也。象艸過中，枝葉漸益大，有所之也。一者，地也。」小篆之字，上半已釋為中。甲骨文與金文之字，上半則是寫成止。（請見表3-3-8）

68　《蘭亭叙〈五種〉》，頁16。日本東京：二玄社。

69　《真草千字文》，頁24。

70　《道因法師碑・泉男生墓誌銘》，頁60。

71　《玄秘塔碑》，頁10。

72　《甲骨文字集釋》，卷6，頁2071。

73　《金文詁林》卷6，字0796。

74　《說文解字注》，頁275。

表3-3-8　《說文解字》、《甲骨文字集釋》、《金文詁林》

《說文解字》[75]	《甲骨文字集釋》[76]	《金文詁林》[77]

　　《十鐘山房印舉》〈吉語一〉：〈出入大吉〉印，出字的止，看起來就像是屮。〈官印八〉：〈軍司馬之印〉，之字的上半，看起來也像是屮。漢初馬王堆漢墓帛書〈五十二病方〉，出字的止，之字的止，也都已經像是屮，與止字不同。〈雜療方〉：「去之」的之字，也是這樣寫。（請見表3-3-9）

表3-3-9　《十鐘山房印舉》、〈五十二病方〉、〈雜療方〉

出	之	出	之	止	之
《十鐘山房印舉》[78]		〈五十二病方〉[79]			〈雜療方〉[80]

　　〈老子甲本〉與〈老子乙本〉都有出字。今本《老子》第五章：「虛而不屈，動而愈出」，第六章：「天地之根」，〈老子甲本〉與〈老子乙本〉的出字與之字，止也都已經像是屮。（請見表3-3-10）

[75]　《說文解字注》，頁275。

[76]　《甲骨文字集釋》，卷6，頁2061。

[77]　《金文詁林》卷6，字0792。

[78]　《十鐘山房印舉》，冊3，頁1306、冊1，頁143。

[79]　《木簡・竹簡・帛書》，頁8。

[80]　《木簡・竹簡・帛書》，頁6。

表3-3-10　〈老子甲本〉、〈老子乙本〉

出	之	出	之
出	乢	屮	土
〈老子甲本〉[81]		〈老子乙本〉[82]	

　　隸書出字，東漢桓帝建和二年（148）〈石門頌〉：「出散入秦」的出字，桓帝永壽二年（156）〈禮器碑〉：「二陰出識」的出字，靈帝建寧二年（169）〈史晨碑〉：「公出享獻」的出字，靈帝建寧四年（171）〈西狹頌〉：「不出府門」的出字，出字上半都寫成屮，就是我們現在楷書所寫的樣子。〈曹全碑〉：「費不出民」的出字，上半寫成大，有雙臂雙腿，小臂上舉，並沒有寫成屮。（請見表3-3-11）

表3-3-11　〈石門頌〉、〈禮器碑〉、〈史晨碑〉、〈西狹頌〉、〈曹全碑〉

出	出	出	出	出
〈石門頌〉[83]	〈禮器碑〉[84]	〈史晨碑〉[85]	〈西狹頌〉[86]	〈曹全碑〉[87]

81　〈老子甲本〉，行102、103。

82　〈老子乙本〉，行222上、222下。

83　《石門頌》，頁12。

84　《禮器碑》，頁23。

85　《史晨碑》，頁43。

86　《西狹頌》，頁16。

87　《曹全碑》，頁27。

　　唐代楷書出字，太宗貞觀六年（632）歐陽詢〈九成宮醴泉銘〉：「醴泉出」的出字，高宗龍朔三年（663）歐陽通〈道因法師碑〉：「杖錫出山」的出字，玄宗天寶十一年（752）顏眞卿〈多寶塔碑〉：「不出戶庭」的出字，柳公權〈玄秘塔碑〉：「出經破塵」的出字，出字上半也都寫成屮，下半寫成凵。（請見表3-3-12）

表3-3-12　〈九成宮醴泉銘〉、〈道因法師碑〉、〈多寶塔碑〉、
　　　　　〈玄秘塔碑〉

出	出	出	出
〈九成宮醴泉銘〉[88]	〈道因法師碑〉[89]	〈多寶塔碑〉[90]	〈玄秘塔碑〉[91]

　　甲骨文與金文，去字的下半都是口。也像是出字與各字，有些寫成口，有些寫成凵。口或凵都一樣，指的都是住所。

　　秦始皇廿六年（前221）所頒行的權量銘文：「灋度量，則不壹」，灋字下半的去寫成從凵。秦始皇廿八年（前219）〈泰山刻石〉：「臣去疾」，去字的下半也是寫成從凵。（請見表3-3-13）

88　《九成宮醴泉銘》，頁24。

89　《道因法師碑・泉男生墓誌銘》，頁16。

90　《多寶塔碑》，頁8。

91　《玄秘塔碑》，頁44。

表3-3-13　《甲骨文字集釋》、《金文詁林》、〈秦權量銘〉、〈泰山刻石〉

《甲骨文字集釋》[92]	《金文詁林》[93]	〈秦權量銘〉[94]	〈泰山刻石〉[95]

　　《說文解字》去字釋爲「人相違也」，从大，凵聲。由部首依類排序來看，去部在皿部與凵部之後，血部之前。去字下半的凵，可能是被視爲容器。《十鐘山房印舉》〈兩面一〉有〈江去疾〉印兩方，一方去字下半是凵，一方去字下半是口。篆書人字，寫成象人側面站立；篆書大字，寫成象人正面站立，畫的是雙臂雙腿伸展開來的樣子。从口的一方，大的雙臂簡化成一，還在去的左側加上彳，顯見去字與走路有關。

　　今本《老子》第十二章：「故去彼取此」，〈老子甲本〉與〈老子乙本〉的去字都與《說文解字》小篆相同，上半寫成大，下半寫成凵。〈老子乙本〉的大，雙臂的兩筆也簡化爲一橫。〈老子甲本〉與〈雜療方〉的大，則仍有雙臂的兩筆，可以看到雙臂略微下垂的樣子。（請見表3-3-14至3-3-15）

---

[92]　《甲骨文字集釋》，卷5，頁1725。

[93]　《金文詁林》卷5，字0659。

[94]　《書道全集》，卷1，圖138。

[95]　《石鼓文‧泰山刻石》，頁46。

表3-3-14　《說文解字》、《十鐘山房印舉》、〈老子甲本〉、〈老
　　　　　子乙本〉

《說文解字》[96]	《十鐘山房印舉》[97]	〈老子甲本〉[98]	〈老子乙本〉[99]

　　隸書去字，〈乙瑛碑〉：「事已即去」的去字，〈史晨碑〉：
「去市遼遠」的去字，〈曹全碑〉：「法曹」的法字，去的上半，大
的雙臂雙腿，都把兩筆簡化為一橫，就把大寫成了土。去的下半，則
寫成了厶。（請見表3-3-15）

表3-3-15　〈雜療方〉、〈乙瑛碑〉、〈史晨碑〉、〈曹全碑〉

〈雜療方〉[100]	〈乙瑛碑〉[101]	〈史晨碑〉[102]	〈曹全碑〉[103]

　　唐高宗龍朔三年（663）歐陽通〈道因法師碑〉：「思去髮膚之
愛」的去字，玄宗天寶十一年（752）顏真卿〈多寶塔碑〉：「鑿井
見泥，去水不遠」的去字，柳公權〈玄秘塔碑〉：「無心去來」的去

96　《說文解字注》，頁215。
97　《十鐘山房印舉》，冊1，頁425。
98　〈老子甲本〉，行113。
99　〈老子乙本〉，行227上。
100　《木簡‧竹簡‧帛書》，頁6。
101　《乙瑛碑》，頁6。
102　《史晨碑》，頁61。
103　《曹全碑》，頁43。

字，楷書去字，也都是把大寫成土，把凵寫成厶，寫成我們現在所寫的樣子了。（請見表3-3-16）

表3-3-16　〈道因法師碑〉、〈多寶塔碑〉、〈玄秘塔碑〉

去	去	去
〈道因法師碑〉[104]	〈多寶塔碑〉[105]	〈玄秘塔碑〉[106]

各、舍、出、去，出字與去字曾經都有口，與各字舍字一樣，都不是說話吃飯的口。住所是舍，回到家是各，出門是出，或者是去，口都不是口，原來是住所。

第四節　壹、吉：口不是口，原來是？

壹，就是大寫的一。我們經常習慣於這樣的意義，都以為壹是個數字，其實是不對的。壹字的中央為什麼是口？壹字的下半為什麼像是豆。我們或許從來都不曾懷疑過，壹如果是個數字，為什麼要這樣寫。

唐太宗貞觀六年（632）所刻的〈九成宮醴泉銘〉，是學習書法最重要的楷書範本之一。很多人都曾經臨摹過，也知道是歐陽詢所寫的。但是，也許大家都不曾注意到，銘文的內容是魏徵所作的，也是《古文觀止》之中的名篇〈諫太宗十思疏〉的作者。〈九成宮醴泉銘〉，文中有兩個壹字，四個一字。「一人之慮」、「一夫之

104　《道因法師碑‧泉男生墓誌銘》，頁9。

105　《多寶塔碑》，頁19。

106　《玄秘塔碑》，頁50。

力」、「在乎一物」、「引爲一渠」，一是數字。「始以武功壹海
內」、「奄壹寰宇」，壹字就不是數字了。壹字的口，並不是口；壹
字的豆，也並不是豆。壹字的中央，應該是吉。

《說文解字》壹字，小篆从壺吉。秦始皇廿六年（前221）所
頒行的權量銘文：「灋度量，則不壹」，所有的權量上都有這個壹
字，都同樣寫成壺中有吉。甲骨文與金文壺字，上象壺蓋，腹上有環
狀紋飾，左右有繫，下有壺底與圈足。（請見表3-4-1）

表3-4-1　《說文解字》、〈秦權量銘〉、《甲骨文字集釋》、《金
　　　　　文詁林》

壹		壺			
《說文解字》[107]	〈秦權量銘〉[108]	《甲骨文字集釋》[109]		《金文詁林》[110]	

《十鐘山房印舉》〈周秦一〉有〈壹心愼事〉印，壹字已經把吉
簡化，只寫成口。壺也簡化，上有壺蓋，下有壺底與圈足，壺身似乎
與口是共用的。漢初馬王堆漢墓帛書〈雜療方〉：「卵壹決（勿）
多食」，壹字與〈壹心愼事〉印相同。〈戰國縱橫家書〉：「壹美
壹惡」，壹字與秦篆相似。依稀可見壺中有吉，上有壺蓋，中有壺
身，下有圈足，只是省略了壺腹的二繫與環紋。

漢代隸書，東漢靈帝建寧二年（169）〈史晨碑〉：「恢（崇）
壹變」，壹字把壺蓋簡化寫成土，壺身簡化寫成冖，吉簡化爲口，

---

[107] 《說文解字注》，頁500。
[108] 《書道全集》，卷1，圖138。
[109] 《甲骨文字集釋》，卷10，頁3221。
[110] 《金文詁林》卷10，字1353。

也省略了壺腹的二繫與環紋，僅略見壺底與圈足形。隸書壹字的寫法，有了更多的簡化。小篆从壺吉，隸書已經看不到吉了。（請見表3-4-2）

表3-4-2　《十鐘山房印舉》、〈雜療方〉、〈戰國縱橫家書〉、〈史晨碑〉

《十鐘山房印舉》[111]	〈雜療方〉[112]	〈戰國縱橫家書〉[113]	〈史晨碑〉[114]

《說文解字》懿字，小篆釋爲从壹，从恣省聲。金文从壺，不从壹。金文懿有不加心者，象人就壺而飲。（請見表3-4-3）

表3-4-3　《說文解字》、《金文詁林》

《說文解字》[115]	《金文詁林》[116]	

靈帝中平二年（185）〈曹全碑〉：「懿明后」的懿字，左側不寫成壹，而是壺。靈帝建寧四年（171）〈西狹頌〉：「詠歌懿德」

---

[111] 《十鐘山房印舉》，冊1，頁243。

[112] 《木簡·竹簡·帛書》，頁6。

[113] 《木簡·竹簡·帛書》，頁12。

[114] 《史晨碑》，頁6。

[115] 《說文解字注》，頁500。

[116] 《金文詁林》卷10，字1354。

的懿字，左側的壹，與〈史晨碑〉相似，而口上又多加了一短橫，已經很接近我們現在所寫的壹。隸書懿字左側的壹，也都看不到吉。唐太宗貞觀六年（632）歐陽詢〈九成宮醴泉銘〉：「始以武功壹海內」的壹字，貞觀十二年（638）褚遂良〈孟法師碑〉：「懿戚託繼世之援」的懿字，壹的下半寫成豆，就是我們現在所寫的樣子，當然也看不到吉了。（請見表3-4-4）

表3-4-4　〈曹全碑〉、〈西狹頌〉、〈九成宮醴泉銘〉、〈孟法師碑〉

壺心	壺心	壹	懿
〈曹全碑〉[117]	〈西狹頌〉[118]	〈九成宮醴泉銘〉[119]	〈孟法師碑〉[120]

　　小篆壹字，從壺吉。壹字中央的口，是吉所殘留下來的。吉字常見於甲骨文與金文，以及吉語印。《說文解字》吉字，從士口，釋為善。（請見表3-4-5）

表3-4-5　《說文解字》、《甲骨文字集釋》、《金文詁林》

吉	吉	吉	吉	吉	吉
《說文解字》[121]	《甲骨文字集釋》[122]			《金文詁林》[123]	

117　《曹全碑》，頁29。
118　《西狹頌》，頁46。
119　《九成宮醴泉銘》，頁31。
120　《孟法師碑》，頁9。
121　《說文解字注》，頁59。
122　《甲骨文字集釋》，卷2，頁0377。
123　《金文詁林》卷2，字0121。

　　甲骨文吉字的上半，既不是士，也不是土，幾乎都寫成尖端朝上的三角形，再加上一個柄狀的部分。因此，吉字的上半，可能是個尖銳的武器。甲骨文吉字的下半，有的寫成口，有的寫成口中再多加一橫，可能是個容器。就如同甲骨文的曹字或魯字，下半也是口，應該都是容器。

　　金文吉字，上半已經簡化，寫成像是士，或者像是土。吉字下半，幾乎都寫成小口的口，就是以後小篆的樣子。《十鐘山房印舉》〈吉語八〉，有吉語印〈大吉〉、〈行吉〉，〈吉語一〉有〈出入大吉〉，〈吉語九〉有〈吉〉。吉字下半，有的是小口的口，有的是大口的口。但是這些口，無論是大口或小口，恐怕都不是口，也不是口。吉字的上半，也並不是士。（請見表3-4-6）

表3-4-6　　《十鐘山房印舉》

《十鐘山房印舉》[124]			

　　《說文解字》有鞞字，釋爲刀室。吉字的下半，可能就是鞞之類的容器。吉字的上半是武器，下半是容器。把武器放到容器裡，就是不使用武器的意思。

　　甲骨文有兇字，象二人打鬥之形。《說文解字》兇字，二人簡化爲一人，已經看不出打鬥的樣子了。吉凶的凶，應該就是由此而來。凶是動武，吉是不動武。《說文解字》，吉字所以有善的意思，也就可以理解了。（請見表3-4-7）

---

[124] 《十鐘山房印舉》，冊3，頁1360、1306、1372。

表3-4-7　《甲骨文字集釋》、《說文解字》

《甲骨文字集釋》[125]	《說文解字》[126]

　　《說文解字》，釋吉字從士。漢代塼文，漢成帝時（前33）所作的紀年塼〈竟寧元年大歲在戊子盧鄉劉吉造〉，塼文吉字並不從士，也不從口。漢和帝時（101）所作的紀年塼〈永元十三年大歲在辛丑八月廿日作大吉利〉，塼文吉字，也不是從士。（請見表3-4-8）

表3-4-8　《塼文集》、〈禮器碑〉

吉	吉	土
《塼文集》[127]		〈禮器碑〉[128]

　　東漢桓帝永壽二年（156）隸書〈禮器碑〉：「處士魯孔方廣」，士字寫成土的樣子。靈帝中平二年（185）的〈曹全碑〉：「脩身之士」的士字，「處士」、「博士」、「義士」的士字，都寫成士，不寫成土。「故功曹王吉」，吉字上半則不寫成士，而是寫成土。北魏孝明帝正光元年（520）〈李璧墓誌銘〉：「中書博士」的士字，寫成士，不寫成土。「廣樂鄉吉遷里人」，吉字上半不寫成士，而是寫成土。智永〈眞草千字文〉：「多士寔寧」的士字，寫

125 《甲骨文字集釋》，卷7，頁2421。

126 《說文解字注》，頁337。

127 《塼文集》，頁23、28。日本東京：二玄社。

128 《禮器碑》，頁69。

成士，不寫成土。「永綏吉劭」，吉字上半也不寫成士，而是寫成土。（請見表3-4-9）

表3-4-9　〈曹全碑〉、〈李璧墓誌銘〉、〈真草千字文〉

士	吉	士	吉	士	吉
〈曹全碑〉[129]		〈李璧墓誌銘〉[130]		〈真草千字文〉[131]	

　　隸書與楷書，吉字往往不从士。或許書寫者皆知，吉字與士無關。吉是把武器置入韝中，不動武，則天下太平。秦篆壹字，再把吉置入壺中，以作爲統一天下的意思。所以統一的一，應該寫成壹字，與數字的一字有別。魏徵奉勅撰〈九成宮醴泉銘〉，文中壹字與一字意義不同，並非數字大寫與小寫的不同。用字嚴謹，令人印象深刻。

---

[129] 《曹全碑》，頁25、33、34、44，頁37。

[130] 《墓誌銘集》〈上〉，頁74、70。

[131] 《真草千字文》，頁30、50。

第四章

大不是大

　　大，是象形字。寫的是一個人張開雙臂雙腿，正面站立的樣子。大字常被用在大小的大，原來的意思反而不常被提到。很多漢字之中所寫的大，往往並不是大小的大，是因爲趨同演化而寫成了大。但是，原來象人形的大，應該寫成大的，卻在許多漢字之中並不寫成大。

　　小篆立、並、亦、赤，字裡都有大。《說文解字》立字釋爲：「从大在一之上」，大是一個人，一是地面，所以是站立的意思。我們現在所寫的立字，並沒有看到大。《說文解字》並字釋爲：「从二立」，是兩個人站在一起。我們現在所寫的並字，也同樣沒有看到大。亦字也有象人形的大，《說文解字》亦字釋爲：「人之臂亦也」，在大字的雙臂之下各加一點，意思就是我們現在的腋字。赤字與亦字的下半，我們現在寫成相同的樣子。但是，其實是不一樣的。《說文解字》赤字釋爲：「从大火」，我們現在把大小的大寫成了土。（請見表4-0-1）

表4-0-1　《說文解字》

大	立	並	亦	赤
大	立	並	夾	炎
《說文解字》[1]				

---

[1] 《說文解字注》，頁496、504、505、498、496。

　　漢字之中，我們現在寫成大的，還有許多。像是莫名其妙的莫，綠草如茵的茵。莫字茵字之中的大，都不是象人形的大，也不是大小的大，都是因爲趨同演化而被寫成大的。

第一節　莫、暮、幕、募、慕：大不是大，原來是？

　　東晉穆帝永和九年（353），王羲之的名作〈蘭亭脩禊詩集叙〉，文中有「暮春之初」的句子。暮字有兩個日，兩個日之間，我們都會寫成大。

　　《說文解字》沒有暮字，暮字的意思是從莫字而來的。《說文解字》莫字釋爲：「日且冥也」，從日在茻中。莫字，原來是太陽下山，沒入草叢之中，快要看不見了。莫字以後常被用爲無，或者用爲不的意思。爲了要和太陽下山有所分別，莫字之下，再加一個日，寫成了暮字。甲骨文與金文的莫字，太陽有的寫成日，有的寫成像是口。甲骨文莫字，日的周圍，有的寫成中，有的寫成木。（請見表4-1-1）

表4-1-1　《說文解字》、《甲骨文字集釋》、《金文詁林》

《說文解字》[2]	《甲骨文字集釋》[3]		《金文詁林》[4]	

　　《十鐘山房印舉》〈官印五〉有〈幕五百將〉印，〈官印十六〉有〈陷陳募人〉印，小篆幕字與募字，莫的下半與《說文解字》相

---

[2]　《說文解字注》，頁48。

[3]　《甲骨文字集釋》，卷1，頁0241。

[4]　《金文詁林》卷1，字0082。

同，都是从艸。小篆艸與廾寫法相近，〈姓名二十〉的〈莫賢〉印，以及〈吉語九〉所收錄的〈莫〉，莫字的下半就不是從艸，而像是從廾。〈姓二名三〉的〈田莫如〉印，莫字的下半已經像是從丌了。（請見表4-1-2）

表4-1-2　《十鐘山房印舉》

幕	募	莫		
《十鐘山房印舉》[5]				

　　漢初馬王堆漢墓帛書，今本《老子》第五十一章：「莫之命而常自然」，〈老子甲本〉所寫的莫字，上半的艸寫成像是篆書的樣子，下半的艸則寫成了丌。今本《老子》第五十九章：「治人事天莫若嗇」，〈老子乙本〉的莫字也是這樣寫。東漢桓帝永壽二年（156）〈禮器碑〉：「莫不」的莫字，下半的艸，也是寫成丌，丌上又多加了一點。（請見表4-1-3）

表4-1-3　〈老子甲本〉、〈老子乙本〉、〈禮器碑〉

〈老子甲本〉[6]	〈老子乙本〉[7]	〈禮器碑〉[8]

5　《十鐘山房印舉》，冊1，頁124、194；冊2，頁688；冊3，頁1372；冊2，頁777。

6　〈老子甲本〉，行28。

7　〈老子乙本〉，行195上。

8　《禮器碑》，頁6。

　　東漢靈帝中平二年（185）〈曹全碑〉：「直慕史魚」的慕字，其他幾個慕字，莫的下半也都寫成丗。靈帝中平三年（186）〈張遷碑〉：「在帷幕之內」的幕字，莫的下半也寫成丗，丗上又多加了一筆短短的縱線，看起來就像是寫成大。

　　唐太宗〈大唐三藏聖教序〉，集王羲之（303-379）所寫的字刻成，序文中有許多莫字，莫的下半都寫成大。北魏宣武帝延昌二年（513）〈元顯儁墓誌銘〉：「莫邁其後」的莫字，北魏孝明帝正光三年（522）〈張猛龍碑〉：「莫不禮讓」的莫字，智永〈眞草千字文〉：「得能莫忘」的莫字，唐高宗龍朔三年（663）歐陽通〈道因法師碑〉：「莫知所在」的莫字，武宗會昌元年（841）柳公權〈玄秘塔碑〉：「莫能濟其畔岸」的莫字，下半也都是寫成大，和我們現在所寫的一樣。（請見表4-1-4至4-1-5）

表4-1-4　〈曹全碑〉、〈張遷碑〉、〈聖教序〉、〈元顯儁墓誌銘〉

慕	幕	莫	莫
〈曹全碑〉[9]	〈張遷碑〉[10]	〈聖教序〉[11]	〈元顯儁墓誌銘〉[12]

[9]　《曹全碑》，頁11。
[10]　《張遷碑》，頁8。
[11]　《集字聖教序》，頁18。
[12]　《墓誌銘集》〈上〉，頁18。

表4-1-5　〈張猛龍碑〉、〈真草千字文〉、〈道因法師碑〉、〈玄
秘塔碑〉

莫	莫	莫	莫
〈張猛龍碑〉[13]	〈真草千字文〉[14]	〈道因法師碑〉[15]	〈玄秘塔碑〉[16]

　　唐代宗大曆十四年（779），顏真卿〈顏勤禮碑〉：「莫追長老
之口」的莫字，「晚暮論譔」的暮字，碑文中有莫字也有暮字。莫字
的下半寫成大，暮字的莫，下半則寫成像是卅。

　　〈蘭亭脩禊詩集叙〉，王羲之的原作已不知何在，現存的幾件都
是複製品。雖然都是複製，每一件並不完全相同。知名的複製品，稱
爲〈褚摸王羲之蘭亭帖〉，暮字的莫，下半寫成像是卅。另一件複製品
稱爲〈神龍半印本〉，莫的下半就寫成像是兀。暮字的莫，下半不寫成
大；單寫莫字的時候，下半卻寫成大。也許王羲之認爲，莫字的大根本
不是大。寫成大，寫成卅，或寫成兀，其實都是艸。（請見表4-1-6）

表4-1-6　〈顏勤禮碑〉、〈蘭亭脩禊詩集叙〉

莫	暮	暮	
莫	暮	暮	暮
〈顏勤禮碑〉[17]		〈蘭亭脩禊詩集叙〉[18]	

---

[13] 《張猛龍碑》，頁27。

[14] 《真草千字文》，頁11。

[15] 《道因法師碑・泉男生墓誌銘》，頁17。

[16] 《玄秘塔碑》，頁17。

[17] 《顏勤禮碑》，頁93、92。

[18] 《蘭亭叙〈五種〉》，頁8、14。

第二節 因、茵、恩、姻：大不是大，原來是？

「綠草如茵」，每次只要想起這個成語，就不能不讓人頭痛。頭痛的是，這明明是個比喻，既然是比喻，綠草爲什麼像是茵。茵究竟是什麼？不讓人頭痛也難。

申就是電，云就是雲，般就是盤，莫就是暮，因也應該就是茵。《說文解字》因字釋爲：「就也，从囗大。」囗是什麼？大是什麼？原因的因，因爲的因，原來究竟是什麼？又是一個不可思議的趨同演化。

《說文解字》小篆的因字，與秦始皇（前219）〈泰山刻石〉：「因明白矣」的小篆因字相同。金文因字，也是這樣寫。甲骨文也有因字，但是因字不僅从囗大，還有另一種寫成从井从人，是把人放進墓穴的樣子。（請見表4-2-1）

表4-2-1　《說文解字》、〈泰山刻石〉、《金文詁林》、《甲骨文字集釋》

囷	囷	囷	囷	𦥑
《說文解字》[19]	〈泰山刻石〉[20]	《金文詁林》[21]	《甲骨文字集釋》[22]	

《說文解字》茵字釋爲：「車重席也」，茵其實就是因，就是席，也就是我們所說的蓆子。甲骨文的蓆子，並不是寫成因，而是另

19　《說文解字注》，頁280。

20　《石鼓文．泰山刻石》，頁49。

21　《金文詁林》卷6，字0812。

22　《甲骨文字集釋》，卷4，頁1453。

有其字。

　　《說文解字》宿字釋爲：「止」，小篆宿字右下角並不是百。《說文解字》另外有這個字，釋爲：「舌皃」；住宿與舌頭，根本毫無關係。甲骨文也有宿字，有的宿字有宀，有的宿字不加上宀。在人字左右的，也並不是百，看起來畫的就是一張蓆子。宿字，就是一個人睡臥在蓆子上。我們在因字中央寫的大，其實並不是大小的大，也不是張開雙臂雙腿的人，原來是蓆紋。

　　金文宿字，左下角也是這樣寫。《說文解字》席字的古文，也是這樣寫。《說文解字》釋茵爲席，由此可知，我們現在所寫的因字與茵字，原來就是蓆子。因字與茵字的中央不寫成蓆紋，而寫成大，從甲骨文的因字看來，張冠李戴，真的是不可思議的趨同演化。（請見表4-2-2）

表4-2-2　《說文解字》、《甲骨文字集釋》、《金文詁林》、《說文解字》

宿	丙			宿		宿	席	
《說文解字》[23]	《甲骨文字集釋》[24]			《金文詁林》[25]			《說文解字》[26]	

　　恩字上半就是因，漢代隸書，靈帝建寧二年（169）〈史晨碑〉：「朝廷聖恩」的恩字，「欽因春饗」的因字；建寧四年（171）〈西狹頌〉：「威恩並隆」的恩字，「因常繇道徒」的因

---

[23]　《說文解字注》，頁344、88。

[24]　《甲骨文字集釋》，卷3，頁0689、卷7，2463。

[25]　《金文詁林》卷7，字0978。

[26]　《說文解字注》，頁364。

字；中平三年（186）〈張遷碑〉：「君隆其恩」的恩字，因的口內都寫成像是工的樣子，而不是寫成大。（請見表4-2-3）

表4-2-3　〈史晨碑〉、〈西狹頌〉、〈張遷碑〉

恩	囙	恩	囙	恩
〈史晨碑〉[27]		〈西狹頌〉[28]		〈張遷碑〉[29]

東漢靈帝中平二年（185）〈曹全碑〉：「百工戴恩」的恩字，因的口內還略把工的直畫向上伸，寫成像是土。大英圖書館所藏敦煌漢帛書：「得蒙厚恩」的恩字，「因請長賓」的因字，口內也都寫成像是土。敦煌漢簡：「無因以上」的因字，口內則寫成像是大。（請見表4-2-4）

表4-2-4　〈曹全碑〉、〈敦煌漢帛書〉、〈敦煌漢簡〉

恩	恩	囙	因
〈曹全碑〉[30]	〈敦煌漢帛書〉[31]		〈敦煌漢簡〉[32]

東晉穆帝永和九年（353）王羲之〈蘭亭脩禊詩集叙〉，「外寄所託」塗改爲「因寄所託」，因字中央寫成像是工，就像隸書所寫的

---

[27]　《史晨碑》，頁24、43。

[28]　《西狹頌》，頁47、36。

[29]　《張遷碑》，頁24。

[30]　《曹全碑》，頁24。

[31]　《木簡‧竹簡‧帛書》，頁20。

[32]　《木簡‧竹簡‧帛書》，頁52。

樣子。

　　北魏孝文帝太和三年（479）所寫的《雜阿毗曇心經》：「因緣」的因字，北魏龍門二十品，孝文帝太和二十二年（498）〈北海王元詳造像記〉：「因即造齋」的因字，也是這樣寫。北魏孝明帝正光元年（520）的〈李璧墓誌銘〉：「藝因生機」的因字，龍門二十品〈比丘道匠造像記〉：「住与妙因」的因字，都把因字口內的工再簡化，三筆省爲兩筆。唐高宗龍朔三年（662）經生沈弘所寫的《阿毗曇毗婆沙》跋文：「以此勝因」的因字，口內也都這樣寫。（請見表4-2-5至4-2-6）

表4-2-5　〈蘭亭脩禊詩集叙〉、《雜阿毗曇心經》、〈北海王元詳造像記〉

〈蘭亭脩禊詩集叙〉[33]	《雜阿毗曇心經》[34]	〈北海王元詳造像記〉[35]

表4-2-6　〈李璧墓誌銘〉、〈比丘道匠造像記〉、《阿毗曇毗婆沙》

〈李璧墓誌銘〉[36]	〈比丘道匠造像記〉[37]	《阿毗曇毗婆沙》[38]

---

[33] 《蘭亭叙〈五種〉》，頁16。

[34] 《六朝寫經集》，目次18。

[35] 《龍門二十品》〈上〉，頁27。

[36] 《墓誌銘集》〈上〉，頁73。

[37] 《龍門二十品》〈上〉頁63。

[38] 《隋唐寫經集》，目次13。

　　北魏龍門二十品，孝文帝太和十九年（495）〈尉遲爲牛橛造像記〉：「永絕因趣」的因字，宣武帝景明三年（502）〈太妃侯爲亡夫賀蘭汗造像記〉：「永絕苦因」的因字，口內都已經寫成大，和我們現在所寫的一樣了。（請見表4-2-7）

表4-2-7　〈尉遲為牛橛造像記〉、〈太妃侯為亡夫賀蘭汗造像記〉

因	因
〈尉遲為牛橛造像記〉[39]	〈太妃侯為亡夫賀蘭汗造像記〉[40]

　　北魏孝文帝太和二十二年（498）〈比丘慧成爲始平公造像記〉：「皇恩」的恩字，口內也是寫成大。孝明帝熙平二年（517）〈崔敬邕墓誌銘〉：「王恩流賞」的恩字，「姻舊咸酸」的姻字，口內都寫成像是工的樣子。孝明帝神龜三年（520）〈比丘尼慈香慧政造像記〉：「逮及□恩」的恩字，口內也是寫成工。（請見表4-2-8）

表4-2-8　〈慧成為始平公造像記〉、〈崔敬邕墓誌銘〉、〈慈香慧政造像記〉

恩	恩	姻	恩
〈慧成為始平公造像記〉[41]	〈崔敬邕墓誌銘〉[42]		〈慈香慧政造像記〉[43]

---

[39] 《龍門二十品》〈上〉，頁7。

[40] 《龍門二十品》〈下〉，頁31。

[41] 《龍門二十品》〈上〉，頁14。

[42] 《墓誌銘集》〈上〉，頁67、63。

[43] 《龍門二十品》〈下〉，頁62。

　　東漢建安二十四年（219）鍾繇〈賀捷表〉：「因便宜上聞」的
因字，口內寫成大。而「胡脩背恩」的恩字，口內則寫成像是土。
南朝宋孝武帝大明二年（458）〈爨龍顏碑〉：「因氏族焉」的因
字，「姻婭媾於公族」的姻字，口內都是寫成大。「恩沾□裔」的恩
字，口內則寫成工。

　　楷書因字、恩字、姻字，因的口內可以寫成像是工，也可以寫成
像是大或土。〈賀捷表〉同時使用其中的兩個字，〈爨龍顏碑〉同時
使用其中的三個字，口內寫得並不一致。我們也許可以這樣推測，在
這個時期，他們認為因的口內寫成像是工，或者寫成像是大或土，都
是大家所認可的寫法。當時大家會寫成這樣，也應該都知道，因字口
內的大，並不是象人形的大，也不是大小的大。寫成像是工或土的樣
子，當然也是可以的。（請見表4-2-9）

表4-2-9　〈賀捷表〉、〈爨龍顏碑〉

因	恩	因	姻	恩
〈賀捷表〉[44]		〈爨龍顏碑〉[45]		

　　唐高宗龍朔三年（663）歐陽通〈道因法師碑〉：「道因法師」
的因，「將酬罔極之恩」的恩，因的口內都寫成大。「大慈恩寺」
的恩，因的口內則寫成工。儀鳳四年（679）歐陽通〈泉男生墓誌
銘〉：「亦因川而媚水」的因字，「立義斷恩」、「恩寵之隆」、
「弔贈之恩」的恩字，因的口內寫成工。「遂因生以命族」的因
字，因的口內則寫成大。同一位書家，同一座碑，甚至同一個字，因

---

[44]　《魏晉唐小楷集》，頁11、10。

[45]　《爨寶子・爨龍顏碑》，頁36、68。

的口內也是可以寫成像是工，或者寫成像是大。（請見表4-2-10）

表4-2-10　〈道因法師碑〉、〈泉男生墓誌銘〉

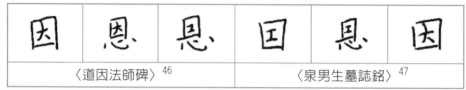

〈道因法師碑〉[46]			〈泉男生墓誌銘〉[47]	

　　唐太宗貞觀六年（632）歐陽詢〈九成宮醴泉銘〉：「因而以杖導之」的因字，「同湛恩之不竭」的恩字，因的口內都寫成工。玄宗天寶十一年（752）顏真卿〈多寶塔碑〉：「因圓則福廣」的因字，代宗廣德二年（764）顏真卿〈爭座位文稿〉：「恩澤」的恩字，因的口內都寫成大。（請見表4-2-11）

表4-2-11　〈九成宮醴泉銘〉、〈多寶塔碑〉、〈爭座位文稿〉

〈九成宮醴泉銘〉[48]		〈多寶塔碑〉[49]	〈爭座位文稿〉[50]

　　貞觀十二年（638）褚遂良〈孟法師碑〉：「恩侔徹樂」的恩字，因的口內寫成工。貞觀十五年（641）所寫的《金剛般若波羅蜜經》跋文：「知恩為本」的恩字，武宗會昌元年（841）柳公權〈玄

46　《道因法師碑・泉男生墓誌銘》，頁2、10、28。

47　《道因法師碑・泉男生墓誌銘》，頁47、58、64、48。

48　《九成宮醴泉銘》，頁21、23。

49　《多宝塔碑》，頁36。

50　《祭姪文稿・祭伯文稿・爭坐位文稿》，頁29。日本東京：二玄社。

秘塔碑〉：「恩禮特隆」的恩字，因的口內都寫成大。（請見表4-2-
12）

表4-2-12 〈孟法師碑〉、《金剛般若波羅蜜經》、〈玄秘塔碑〉

恩	恩	恩
〈孟法師碑〉[51]	《金剛般若波羅蜜經》[52]	〈玄秘塔碑〉[53]

　　漢初馬王堆漢墓帛書〈戰國縱橫家書〉：「因大怒」、「因興
師」的因字，口內都不寫成大，而寫成像是兩個人，一上一下，與甲
骨文相似。「因大怒」的大字，與「國不大病」、「願大國肆意於
秦」的大字，也都寫成像是兩個人。〈雜療方〉：「三指大最」的
大字，也是這樣寫。我們或許可以這樣推測，大字曾經會被拆開來
寫，寫成兩個人。因此，大字像是蓆紋，蓆紋像是大字。因字口內寫
成大，蓆紋演化成大字，就更為可能了。（請見表4-2-13）

表4-2-13 〈戰國縱橫家書〉、〈雜療方〉

因	大	
囙	欠	欠
〈戰國縱橫家書〉[54]	〈雜療方〉[55]	

---

[51] 《孟法師碑》，頁21。

[52] 《隋唐寫經集》，目次10。

[53] 《玄秘塔碑》，頁21。

[54] 《木簡・竹簡・帛書》，頁13。

[55] 《木簡・竹簡・帛書》，頁6。

第五章

匕不是匕

　　匕不是匕，如果我這樣說，自己都會覺得有些心虛。匕，我們現在寫成這樣，到底寫的是什麼，眞的是難以確認。《說文解字》的小篆，我們現在寫成匕的，其實有兩個字，而且有三種意思。比較的比字有匕，湯匙的匙字有匕，《說文解字》釋爲「从反人」。文化的化字也有匕，《說文解字》釋爲「从到（倒）人」。（請見表5-0-1）

表5-0-1　《說文解字》

从反人			从到（倒）人	
《說文解字》[1]				

　　《說文解字》从字釋爲：「相聽也，从二人。」比字釋爲：「密也，二人爲从，反从爲比。」从字與比字，分別有不同的意義。甲骨文从字，有寫成兩個人的，也有寫成兩個反人的。兩個人都面向左側，兩個人都面向右側，寫成从，寫成比，並沒有不同的意義。金文从字，也是會寫成兩個人，或者是寫成兩個反人。金文從字，从字之外，又加上彳與止。金文從字的从，也是有的寫成兩個人，有的寫成兩個反人。（請見表5-0-2）

---

[1]　《說文解字注》，頁388、389、390。

表5-0-2　《說文解字》、《甲骨文字集釋》、《金文詁林》

从	從	从	从	从	从	從	從
《說文解字》[2]		《甲骨文字集釋》[3]		《金文詁林》[4]			

　　《說文解字》釋爲「从反人」的匕，是「相與比敘」的意思，也是用來「取飯」的餐具。寫成相同的字形，而有兩種不同的意思。《說文解字》釋比字爲「密也」，寫成兩個人的側面，同時面向右側。王勃（650-675）〈送杜少府之任蜀州〉：「海內存知己，天涯若比鄰」，比字就是密的意思。

　　漢初馬王堆漢墓帛書，〈春秋事語〉：「身得比焉」的比字，今本《老子》第五十五章：「含德之厚比於赤子」，〈老子甲本〉與〈老子乙本〉的比字，〈敦煌漢簡〉：「鏡斂踈比各有工」的比字，都寫成兩個「从反人」的匕。（請見表5-0-3）

表5-0-3　〈春秋事語〉、〈老子甲本〉、〈老子乙本〉、〈敦煌漢簡〉

〈春秋事語〉[5]	〈老子甲本〉[6]	〈老子乙本〉[7]	〈敦煌漢簡〉[8]

---

[2]　《說文解字注》，頁390。

[3]　《甲骨文字集釋》，卷8，頁2687。

[4]　《金文詁林》卷8，字1111、1112。

[5]　《木簡‧竹簡‧帛書》，頁11。

[6]　〈老子甲本〉，行36。

[7]　〈老子乙本〉，行190下。

[8]　《木簡‧竹簡‧帛書》，頁50。

　　唐太宗〈大唐三藏聖教序〉：「未足比其清華」，集王羲之
（303-379）所寫的比字，西魏文帝大統九年（543）所寫的《大比
丘尼羯磨》：「比丘尼」的比字，智永〈眞草千字文〉：「猶子比
兒」的比字，也是寫成兩個匕。（請見表5-0-4）

表5-0-4　　〈聖教序〉、《大比丘尼羯磨》、〈真草千字文〉

比	比	比
〈聖教序〉[9]	《大比丘尼羯磨》[10]	〈真草千字文〉[11]

　　龍門二十品，北魏孝明帝神龜三年（520）〈比丘尼慈香慧政造
像記〉：「比丘尼慈香慧政」的比字，西魏文帝大統十六年（550）
所寫的《菩薩處胎經》：「比丘」的比字，左側的匕，寫成像是上的
樣子。（請見表5-0-5）

表5-0-5　　〈慈香慧政造像記〉、《菩薩處胎經》

比	比
〈慈香慧政造像記〉[12]	《菩薩處胎經》[13]

　　唐太宗貞觀十一年（637）歐陽詢〈皇甫誕碑〉：「雲中比陸」
的比字，唐高宗永徽四年（653）褚遂良〈雁塔聖教序〉：「未足比

9　《集字聖教序》，頁9。
10　《六朝寫經集》，目次26。
11　《真草千字文》，頁20。
12　《龍門二十品》〈下〉，頁58。
13　《六朝寫經集》，目次27。

其清華」的比字，玄宗天寶十一年（752）顏眞卿〈多寶塔碑〉：
「比象蓮華」的比字，都寫成我們現在楷書的樣子。左側的匕，都是
分爲三筆，寫成像是上。（請見表5-0-6）

表5-0-6 〈皇甫誕碑〉、〈雁塔聖教序〉、〈多寶塔碑〉

比	比	比
〈皇甫誕碑〉[14]	〈雁塔聖教序〉[15]	〈多寶塔碑〉[16]

　　龍門二十品，北魏宣武帝景明三年（502）〈比丘惠感造像
記〉：「比丘惠感」的比字，武宗會昌元年（841）柳公權〈玄秘
塔碑〉：「比丘」的比字，左側右側的匕，都寫成像是上的樣子。
（請見表5-0-7）

表5-0-7 〈比丘惠感造像記〉、〈玄秘塔碑〉

比	比
〈比丘惠感造像記〉[17]	〈玄秘塔碑〉[18]

　　考妣的妣字，《說文解字》釋爲：「从女，比聲。」並收錄籀文
妣，比寫成匕。甲骨文妣字，沒有女部，只寫成匕。金文妣字，有寫
成匕的，與甲骨文相同。或者再加上女，與《說文解字》所收錄的

---

[14] 《皇甫誕碑》，頁45。

[15] 《雁塔聖教序》，頁16。日本東京：二玄社。

[16] 《多寶塔碑》，頁37。

[17] 《龍門二十品》〈下〉頁26。

[18] 《玄秘塔碑》，頁13。

籀文相同。也有寫成姒的，就是以後小篆所寫的樣子。（請見表5-0-8）

表5-0-8　《說文解字》、《甲骨文字集釋》、《金文詁林》

《說文解字》[19]	《甲骨文字集釋》[20]	《金文詁林》[21]

　　《說文解字》姒字釋爲：「殁母」，牝字釋爲：「畜母也，從牛，匕聲。」，麀字釋爲：「牝鹿也，從鹿，牝省。」姒字、牝字、麀字都有匕，也都與母有關。甲骨文有牝字，也是從匕。

　　甲骨文匕字是象形字，應該是匙字的匕。姒字與牝字的匕，都是假借這個匕字。金文匕字，就是假借爲姒的意思。《說文解字》釋爲「從反人」的匕，除了「相與比敘」的意思，也釋爲：「匕，亦所以用比取飯。」匙字與旨字的匕，就是取飯的匕。（請見表5-0-9）

表5-0-9　《說文解字》、《甲骨文字集釋》、《金文詁林》

牝	麀	牝		匕			

《說文解字》[22]	《甲骨文字集釋》[23]	《金文詁林》[24]

19　《說文解字注》，頁621。

20　《甲骨文字集釋》，卷12，頁3617。

21　《金文詁林》卷12，字1542。

22　《說文解字注》，頁51、474。

23　《甲骨文字集釋》，卷2，頁0303、卷8，頁2679。

24　《金文詁林》卷8，字1109。

　　甘肅省博物館所藏〈武威旱灘坡漢醫簡〉：「取藥成以五分匕」的匕字，匕就是匙的意思。「溫酒飲一匕」的匕字，匕寫成像是篆書人字。匕字可以面向右側，也可以面向左側，與甲骨文金文相同。《儀禮》〈少牢饋食禮〉：「匕皆加于鼎東枋」，武威磨咀子漢簡〈儀禮甲本・少牢〉，匕則寫成朼字。馬王堆漢墓帛書〈老子甲本卷後古佚書〉：「未嘗」的嘗字，中央的匕寫成像是人的樣子。《十鐘山房印舉》〈周秦二〉有〈百嘗〉印，篆書嘗字中央的匕，也寫成像是人。（請見表5-0-10）

表5-0-10　〈武威旱灘坡漢醫簡〉、〈少牢〉、〈古佚書〉、《十鐘山房印舉》

匕		朼	嘗	
匕	⼑	朼	嘗	嘗
〈武威旱灘坡漢醫簡〉[25]		〈少牢〉[26]	〈古佚書〉[27]	《十鐘山房印舉》[28]

　　《說文解字》除了「从反人」的匕，還有「从到（倒）人」的匕，釋為「變」的意思。化字的匕，老字的匕，疑字的匕，都被認為是「从到人」。甲骨文與金文的化字，匕也都寫成「从到人」。（請見表5-0-11）

---

[25] 《木簡・竹簡・帛書》，頁78、77。

[26] 《木簡・竹簡・帛書》，頁73。

[27] 《木簡・竹簡・帛書》，頁15。

[28] 《十鐘山房印舉》，冊1，頁248。

表5-0-11　《說文解字》、《甲骨文字集釋》、《金文詁林》

《說文解字》[29]	《甲骨文字集釋》[30]		《金文詁林》[31]

　　漢初馬王堆漢墓帛書，老子乙本卷前古佚書〈經法〉：「應化之道」的化字，今本《老子》第五十七章：「我無爲而民自化」，〈老子甲本〉與〈老子乙本〉的化字，雖然不是寫成篆書，匕的臂部下垂，與身軀平行，仍與小篆相似。（請見表5-0-12）

表5-0-12　〈經法〉、〈老子乙本〉、〈老子甲本〉

〈經法〉[32]	〈老子乙本〉[33]	〈老子甲本〉[34]

　　漢代隸書，東漢靈帝建寧二年（169）〈史晨碑〉：「重教化也」的化字，建寧四年（171）〈西狹頌〉：「有阿鄭之化」的化字，建寧五年（172）〈郙閣頌〉：「化流若神」的化字，中平二年（185）〈曹全碑〉：「鄧化」的化字，匕的臂部與身軀垂直，就像是我們現在楷書的樣子。化字的匕，寫成與「从反人」的匕相似，更難以知道原來是「从到（倒）人」了。（請見表5-0-13）

29　《說文解字注》，頁388。

30　《甲骨文字集釋》，卷8，頁2677。

31　《金文詁林》卷8，字1108。

32　《木簡・竹簡・帛書》，頁16。

33　〈老子乙本〉，行194上。

34　〈老子甲本〉，行42。

表5-0-13　　〈史晨碑〉、〈西狹頌〉、〈郙閣頌〉、〈曹全碑〉

化	化	化	化
〈史晨碑〉[35]	〈西狹頌〉[36]	〈郙閣頌〉[37]	〈曹全碑〉[38]

第一節　老、疑：匕不是匕，原來是？

　　老字，我們現在的楷書，最後兩筆寫成匕。疑字的左上角，也是寫成匕。《說文解字》釋老字為：「考也，七十曰老。从人毛匕，言須髮變白也。」老字的匕，被認為與變化的化相同，是「从到（倒）人」的匕。甲骨文與金文的老字，其實可能並不是从匕。

　　甲骨文老字，寫成非常象形的樣子，象一個人側面站立扶杖的姿勢。我們現在寫成匕的，原來並不是「到人」，而是枴杖。金文老字，已經看不到拐杖。人之下加了止，或者是匕。止是腳掌，似乎意謂著與走路有關。有的頭上寫成口，還有毛髮。寫成像是从匕的，就是《說文解字》小篆老字所寫的樣子。雲夢睡虎地秦墓竹簡〈秦律雜抄〉：「至老時」的老字，下半也从匕。（請見表5-1-1）

---

[35]　《史晨碑》，頁20。

[36]　《西狹頌》，頁9。

[37]　《郙閣頌》。日本東京：二玄社。

[38]　《曹全碑》，頁40。

表5-1-1　《說文解字》、《甲骨文字集釋》、《金文詁林》、〈秦
　　　　　律雜抄〉

《說文解字》[39]	《甲骨文字集釋》[40]		《金文詁林》[41]		〈秦律雜抄〉[42]

　　漢初馬王堆漢墓帛書，今本《老子》第三十章：「物壯則老，是
謂不道」，〈老子甲本〉所寫的老字，下半從止。〈老子乙本〉所寫
的老字，下半從匕。雖然已有隸意，都與金文相同。武威磨咀子漢簡
〈王杖十簡〉：「勝甚哀老小」的老字，下半也從止，與〈老子甲
本〉相同。東漢靈帝中平二年（185）〈曹全碑〉：「遂訪故老」，
老字下半從止；「縣三老」、「鄉三老」，老字下半從匕。隸書老
字，仍可以寫成從止或從匕。（請見表5-1-2）

表5-1-2　〈老子甲本〉、〈老子乙本〉、〈王杖十簡〉、〈曹全碑〉

〈老子甲本〉[43]	〈老子乙本〉[44]	〈王杖十簡〉[45]	〈曹全碑〉[46]	

---

[39] 《說文解字注》，頁402。

[40] 《甲骨文字集釋》，卷8，頁2739。

[41] 《金文詁林》卷8，字1138。

[42] 《木簡·竹簡·帛書》，頁26。

[43] 〈老子甲本〉，行154。

[44] 〈老子乙本〉，行245下。

[45] 《木簡·竹簡·帛書》，頁74。

[46] 《曹全碑》，頁20、34。

　　東晉穆帝永和九年（353）王羲之〈蘭亭脩禊詩集敍〉：「不知老之將至」的老字，智永〈眞草千字文〉：「老少異粮」的老字，唐高宗龍朔三年（663）歐陽通〈道因法師碑〉：「尤好老莊」的老字，代宗大曆十四年（779）顏眞卿〈顏勤禮碑〉：「莫追長老之口」的老字，下半也都寫成像是匕。甲骨文老字所畫的枴杖，從金文之後，以至於楷書，就難以再由字形而得知了。（請見表5-1-3）

表5-1-3　〈蘭亭敍〉、〈眞草千字文〉、〈道因法師碑〉、〈顏勤禮碑〉

老	老	老	老
〈蘭亭敍〉[47]	〈眞草千字文〉[48]	〈道因法師碑〉[49]	〈顏勤禮碑〉[50]

　　疑字，我們現在的楷書，左上角也是寫成匕。《說文解字》匕部有一個疑字，子部也有一個疑字。匕部的疑字，右側只寫成匕，釋為「从到（倒）人」。

　　甲骨文疑字，與老字相似，也象一個人扶杖而立的樣子，有的還在右側多加了彳。彳與彳相同，都是道路的意思，可見疑字應該與走路有關。與老字不同的是，扶杖者寫成大，是正面站立的姿勢。扶杖者頭上的毛髮，也換成了口。口寫成側向的開口，像是轉頭四下張望，不知何去何從的樣子。金文疑字，左側也有彳。與甲骨文不同的是，金文多加了止，以及寫成像是牛的部分。

　　秦始皇廿六年（前221）所頒行的權量銘文：「歉疑者皆明壹

---

[47] 《蘭亭敍〈五種〉》，頁17。

[48] 《眞草千字文》，頁43。

[49] 《道因法師碑・泉男生墓誌銘》，頁32。

[50] 《顏勤禮碑》，頁93。

之」的疑字，小篆省去彳。金文疑字的止，小篆有的寫成止，有的寫成「從到人」的匕。左下角象扶杖者的大，在腰部多加一點或一橫，寫成像是矢的樣子。金文像是牛的部分，小篆則寫成了子。《說文解字》的疑字，左上角不寫成口，而是寫成像是匕，移到原來疑字頭頂的位置。子部的疑字，用來表示扶杖者頭部的口，似乎是被枴杖取代了。（請見表5-1-4）

表5-1-4　《說文解字》、《甲骨文字集釋》、《金文詁林》、〈秦權量銘〉

《說文解字》[51]		《甲骨文字集釋》[52]		《金文詁林》[53]		〈秦權量銘〉[54]

　　漢初馬王堆漢墓帛書，〈戰國縱橫家書〉：「疑燕而不功齊」的疑字，與秦權量銘小篆相似。不同的是，口下並不寫成矢，而是寫成大，與金文相同。漢代隸書，東漢靈帝建寧五年（172）〈郙閣頌〉：「亦莫儗象」，疑的左下角，象扶杖者的大，寫成像是矢。靈帝中平二年（185）〈曹全碑〉：「清擬夷齊」，疑的左下角，也是寫成矢。疑的左上角並不寫成口，也不寫成匕，而是寫成像是亡的樣子。疑的右上角寫成子，與小篆相同。右下角與子字相接，寫成像是之的樣子。子的下半加上之，以後就寫成楷書疑字右下角的疋。（請見表5-1-5）

51　《說文解字注》，頁388、750。

52　《甲骨文字集釋》，卷8，頁2675、卷14，頁4321。

53　《金文詁林》卷14，字1866。

54　《秦權量銘》，頁19、33。日本東京：二玄社

表5-1-5　〈戰國縱橫家書〉、〈郙閣頌〉、〈曹全碑〉

墊	衛	擬
〈戰國縱橫家書〉[55]	〈郙閣頌〉[56]	〈曹全碑〉[57]

　　東晉穆帝永和四年（348），王羲之〈樂毅論〉：「放大甲而不疑」的疑字，智永〈眞草千字文〉：「弁轉疑星」的疑字，唐玄宗天寶十一年（752）顏眞卿〈多寶塔碑〉：「疑對鷲山」的疑字，楷書左上角都並不寫成口，也不寫成匕，而是寫成像是上。左下角，象扶杖者的大，則寫成像是天或者是矢。疑字右側，都寫成像是子與止合併，就是我們現在所寫的樣子。（請見表5-1-6）

表5-1-6　〈樂毅論〉、〈真草千字文〉、〈多寶塔碑〉

疑	疑	疑
〈樂毅論〉[58]	〈真草千字文〉[59]	〈多寶塔碑〉[60]

第二節　它、沱（池、也、匜）、坨（地）、蛇（虵）、佗（他）：匕不是匕，原來是？

　　它字與沱字，我們現在看來，兩者之間的差別，只是一個加了

55　《木簡・竹簡・帛書》，頁12。

56　《郙閣頌》。

57　《曹全碑》，頁11。

58　《魏晉唐小楷集》，頁19。

59　《真草千字文》，頁25。

60　《多寶塔碑》，頁29。

水，一個不加水。兩者雖然同樣都有它，其實，兩個它還出自於不同的來源。而且，它字的匕，既不是「从反人」，也不是「从到（倒）人」，與比字、匙字、化字、老字的匕，也完全無關。

　　《說文解字》水部，只有沱字，沒有池字。《說文解字》沱字釋爲：「江別流也，出崏山東，別爲沱。从水，它聲。」是河流的名稱。大徐本《說文解字》沱字下有徐鉉所釋：「沱沼之沱通用此字，今別作池，非是。[61]」《說文解字注》不認同此說，認爲：「初學記引《說文》，池者，陂也。从水，也聲。」又認爲：「漢碑作池沼字，皆從也。」[62]因此爲《說文解字》增補池字。

　　沱字，其實就是池字。《書道全集》《印譜》〈秦印〉有〈上林池郎〉印，《十鐘山房印舉》〈官印十八〉有〈池上里印〉，〈姓名二十八〉有〈李池〉印，印文池字，篆書都寫成沱。甲骨文也有池字，也寫成像是沱的樣子。（請見表5-2-1）

表5-2-1　《說文解字》、《印譜》、《十鐘山房印舉》、《甲骨文字集釋》

沱	池	池（沱）		池（沱）
《說文解字》[63]	《印譜》[64]	《十鐘山房印舉》[65]		《甲骨文字集釋》[66]

[61]　《說文解字詁林》，頁4802、6843。臺北：商務印書館。
[62]　《說文解字注》，頁558、559。
[63]　《說文解字注》，頁522、558。
[64]　《書道全集》，卷16，頁22。
[65]　《十鐘山房印舉》，冊1，頁209、冊2，頁737。
[66]　《甲骨文字集釋》，卷11，頁3395。

　　漢代隸書，東漢靈帝建寧二年（169）〈史晨碑〉：「南注城池」的池字，大英圖書館所藏〈敦煌漢簡〉：「天門俠小路彭池」的池字，右側都寫成也。誠如《說文解字注》所說的，從沱字演化成池字。

　　楷書池字，龍門二十品，北魏宣武帝延昌四年（515）〈皇甫驎墓誌銘〉：「仇池」的池字，唐太宗貞觀六年（632）歐陽詢〈九成宮醴泉銘〉：「池沼」的池字，右側同樣都是寫成也。（請見表5-2-2）

表5-2-2　〈史晨碑〉、〈敦煌漢簡〉、〈皇甫麟墓誌銘〉、〈九成
　　　　　宮醴泉銘〉

池	池	池	池
〈史晨碑〉[67]	〈敦煌漢簡〉[68]	〈皇甫麟墓誌銘〉[69]	〈九成宮醴泉銘〉[70]

　　沱字與池字，右側的它與也，原來應該都是匜字。《說文解字》匜字從匚，匚指的就是容器。金文匜字，寫成象形的樣子，很像是它。上象容器，下象從容器中倒出的液體。也有加上皿或金，甚至加上皿與金，都可見匜是個容器。匜加上水部，寫成了沱字，也就是池字。池沼，就是一個大型的盛水容器。（請見表5-2-3）

67　《史晨碑》，頁59。

68　《木簡・竹簡・帛書》，頁52。

69　《墓誌銘集》〈上〉，頁38。

70　《九成宮醴泉銘》，頁18。

表5-2-3　《說文解字》、《金文詁林》

匜	匜（它、也）				
《說文解字》[71]	《金文詁林》[72]				

　　地字與池字一樣，在演化過程中，地字的右側，同樣曾經寫成像是它，繼而演化為寫成也。漢初馬王堆漢墓帛書，老子乙本卷前古佚書，〈經法〉：「天地立」的地字，右側寫成像是它。今本《老子》第六章：「是謂天地根」，〈老子甲本〉與〈老子乙本〉的地字，第七章：「天長地久」，〈老子乙本〉的地字，也都是寫成像是它。（請見表5-2-4）

表5-2-4　〈經法〉、〈老子甲本〉、〈老子乙本〉

〈經法〉[73]	〈老子甲本〉[74]	〈老子乙本〉[75]

　　《十鐘山房印舉》〈官印二〉有〈北地牧師騎丞〉印，印文篆書地字，右側也寫成像是它。敦煌漢簡：「地之廣亦與之等」的地字，中研院所藏居延漢簡：「地節四年（前66）」的地字，右側的它，

[71] 《說文解字注》，頁642。

[72] 《金文詁林》卷12，字1596、卷13，字1688、卷12，字1631。

[73] 《木簡‧竹簡‧帛書》，頁16。

[74] 〈老子甲本〉，行103。

[75] 〈老子乙本〉，行222下。

宀與匕連起來寫,寫成既像是它又像是也的樣子。(請見表5-2-5)

表5-2-5　《十鐘山房印舉》、〈敦煌漢簡〉、〈居延漢簡〉

〈圖〉	〈圖〉	〈圖〉
《十鐘山房印舉》[76]	〈敦煌漢簡〉[77]	〈居延漢簡〉[78]

漢代隸書,東漢桓帝建和二年(148)〈石門頌〉:「咸曉地理」的地字,桓帝永興元年(153)〈乙瑛碑〉:「經緯天地」的地字,靈帝中平二年(185)〈曹全碑〉:「北地大守」的地字,右側都寫成像是也的樣子了。(請見表5-2-6)

表5-2-6　〈石門頌〉、〈乙瑛碑〉、〈曹全碑〉

〈圖〉	〈圖〉	〈圖〉
〈石門頌〉[79]	〈乙瑛碑〉[80]	〈曹全碑〉[81]

楷書地字,龍門二十品,北魏宣武帝景明三年(502)〈孫秋生劉起祖等造像記〉:「迹登十地」的地字,智永〈真草千字文〉:「天地玄黃」的地字,唐太宗貞觀六年(632)歐陽詢〈九成宮醴泉銘〉:「養神之勝地」的地字,右側都是寫成也了。(請見表5-2-7)

---

[76] 《十鐘山房印舉》,冊1,頁109。

[77] 《木簡‧竹簡‧帛書》,頁50。

[78] 《木簡‧竹簡‧帛書》,頁57。

[79] 《石門頌》,頁53。

[80] 《乙瑛碑》,頁4。

[81] 《曹全碑》,頁8。

表5-2-7　〈孫秋生劉起祖等造像記〉、〈真草千字文〉、〈九成宮醴泉銘〉

地	地	地
〈孫秋生劉起祖等造像記〉[82]	〈真草千字文〉[83]	〈九成宮醴泉銘〉[84]

　　金文篆書匜字寫成像是它，還有另一個字，小篆也同樣寫成像是它。

　　《說文解字》它字釋爲：「虫也。从虫而長，象冤曲垂尾形。」小篆它字，也有加上虫部的，就寫成蛇字。《說文解字》虫字釋爲蝮，也是我們現在所說的一種毒蛇。小篆它字，宀象蛇的頭部，匕象蛇身與蛇尾。甲骨文有它字，也有虫字。它字寫成虫加上止，或者再加上彳。它字意謂被蛇咬到腳，加上彳，是走在路上的意思。金文虫字，看起來就很像是一條蛇的樣子。（請見表5-2-8）

表5-2-8　《說文解字》、《甲骨文字集釋》、《金文詁林》

它	蛇	虫	它	虫	虫			
《說文解字》[85]			《甲骨文字集釋》[86]		《金文詁林》[87]			

82　《龍門二十品》〈下〉，頁7。

83　《真草千字文》，頁2。

84　《九成宮醴泉銘》，頁9。

85　《說文解字注》，頁684、685、669。

86　《甲骨文字集釋》，卷13，頁3933、3909。

87　《金文詁林》卷13，字1678。

　　漢初馬王堆漢墓帛書，〈雜療方〉：「蝕及虫蛇」、「蛇弗敢射」、「蝕虫蛇蠹」的蛇字，右側寫成像是它的樣子。篆書寫成它的，漢代隸書，往往演化成也。蛇字，也會寫成虵。東漢桓帝建和二年（148）〈石門頌〉：「虵蛭毒蝘」的蛇字，右側就寫成像是也。唐高宗龍朔三年（663）歐陽通〈道因法師碑〉：「篋虵能窮」的虵字，玄宗天寶十一年（752）顏真卿〈多寶塔碑〉：「肘攌脩虵」的虵字，楷書蛇字，也還有這樣寫的。蛇字曾經演化爲虵字，但是並沒有成爲以後通行的寫法。（請見表5-2-9）

表5-2-9　〈雜療方〉、〈石門頌〉、〈道因法師碑〉、〈多寶塔碑〉

释	虫也	虵	虵
〈雜療方〉[88]	〈石門頌〉[89]	〈道因法師碑〉[90]	〈多寶塔碑〉[91]

　　《說文解字》有佗字，釋爲：「从人，它聲。」《說文解字注》說明佗字：「隸變佗爲他，用爲彼之偁。古相問無它乎，祇作它。[92]」它加上人，成爲第三人稱的代名詞。佗字的它，是從蛇的它而來，再從佗演化成他。雲夢睡虎地秦墓竹簡〈法律答問〉：「它邦」的它字，漢初馬王堆漢墓帛書〈戰國縱橫家書〉：「它人取齊」的它字，它字都是第三人稱的代名詞。（請見表5-2-10）

88　《木簡・竹簡・帛書》，頁7。

89　《石門頌》，頁27。

90　《道因法師碑・泉男生墓誌銘》，頁10。

91　《多寶塔碑》，頁28。

92　《說文解字注》，頁375。

表5-2-10　《說文解字》、〈法律答問〉、〈戰國縱橫家書〉

《說文解字》[93]	〈法律答問〉[94]	〈戰國縱橫家書〉[95]

　　漢代隸書，東漢桓帝永興元年（153）〈乙瑛碑〉：「他如故事」的他字，西涼建初元年（405）所寫的《十誦比丘戒本》：「見他人誹謗」的他字，唐武宗會昌元年（841）柳公權〈玄秘塔碑〉：「異於他等」的他字，都寫成我們現在所寫的他。敦煌漢簡：「毋有它」的它字，寫成像是小篆的它。就是《說文解字》它字所謂：「上古艸尻患它，故相問無它乎。[96]」這個它字，當然就是蛇了。

　　沱字與池字，坨字與地字，右側寫成它與也，都是從匜而來的。蛇字與虵字，佗字與他字，右側寫成它與也，都是從蛇而來的。金文匜字與小篆它字，因為字形相近而混用，再加上趨同演化的作用，久而久之，真的是混淆不清了。（請見表5-2-11）

表5-2-11　〈乙瑛碑〉、《十誦比丘戒本》、〈玄秘塔碑〉、〈敦煌漢簡〉

〈乙瑛碑〉[97]	《十誦比丘戒本》[98]	〈玄秘塔碑〉[99]	〈敦煌漢簡〉[100]

---

[93]　《說文解字注》，頁375。

[94]　《木簡・竹簡・帛書》，頁27。

[95]　《木簡・竹簡・帛書》，頁12。

[96]　《說文解字注》，頁684。

[97]　《乙瑛碑》，頁18。

[98]　《六朝寫經集》，目次13。

[99]　《玄秘塔碑》，頁20。

[100]　《木簡・竹簡・帛書》，頁54。

第六章

土不是土

　　士字與土字，兩個字曾經互不相讓，都寫成土。在演化過程中，其實，先寫成土的，反而是士字。甚至，我們應該這樣說，是土字演化成像是士。在不得不有所區隔的情形下，演化過程中，兩個字各有讓步，終於找到出路，才成為我們現在所寫的樣子。

　　士字與土字，我們現在所寫的樣子，與《說文解字》的小篆相同。士與土，都是兩橫一豎。兩字的差別，僅僅是兩橫一長一短，上長下短，上短下長。甲骨文士字與土字，字形有明顯的差異，金文也是。甲骨文士字，只寫成一橫一豎。金文士字，多加了一橫。兩橫有寫成長短相近的，也有上長下短，或者上短下長的。甲骨文土字，在地面上畫一個像是橢圓形的圈，表示是土。也有在圈外再加點，或者少畫地面的。金文土字，甲骨文空心的圈，寫成了有實心肥筆的一豎。《說文解字》小篆土字，金文的肥筆演化為橫線，寫成上短下長的兩橫。（請見表6-0-1）

表6-0-1　《說文解字》、《甲骨文字集釋》、《金文詁林》

士	士	士	土			土		土
《說文解字》[1]		《甲骨文字集釋》[2]				《金文詁林》[3]		

---

[1] 《說文解字注》，頁20、688。

[2] 《甲骨文字集釋》，卷1，頁0159、卷13，頁3983。

[3] 《金文詁林》，卷1，字0050、卷13，字1697。

　　漢初馬王堆漢墓帛書，今本《老子》第六十八章：「善爲士者不武」，〈老子甲本〉與〈老子乙本〉的士字，都寫成像是土。第四十一章：「中士聞道」、「下士聞道」，〈老子乙本〉的士字，也是這樣寫。今本《老子》第六十四章：「九層之臺起於累土」，〈老子甲本〉與〈老子乙本〉的土字，與士字沒有任何差別。

　　《儀禮》〈少牢饋食禮〉：「司士合執二俎」的士字，武威磨咀子漢簡〈儀禮甲本・少牢〉，寫成士。《儀禮》〈有司〉：「司士載尸俎」的士字，〈儀禮甲本・有司〉則寫成像是土。中研院所藏居延漢簡：「甲渠士吏」的士字，也寫成像是土。（請見表6-0-2）

表6-0-2　〈老子甲本〉、〈老子乙本〉、〈少牢〉、〈有司〉、
　　　　　〈居延漢簡〉

士	士	士	士	士	士
土	土	土	土	土	土
〈老子甲本〉[4]		〈老子乙本〉[5]		〈少牢〉、〈有司〉[6]	〈居延漢簡〉[7]

　　漢代隸書，東漢桓帝永壽二年（156）隸書〈禮器碑〉：「處士魯劉靜子」、「處士魯孔方廣」，士字寫成像是土。「獲麟來吐」、「三陽吐圖」，吐字右側的土，右下角加一個點，似乎要和士字有所區隔。「潁川長社」，社字右側的土，也是寫成多加一個點。東漢靈帝建寧二年（169）〈史晨碑〉：「處士孔襃文禮」，士字也寫成像是土。「封土爲社」，土字寫成加上一個點，社字右側的

---

[4]　〈老子甲本〉，行70、57。

[5]　〈老子乙本〉，行208上、178下，行201上。

[6]　《木簡・竹簡・帛書》，頁73。

[7]　《木簡・竹簡・帛書》，頁60。

土，也是這樣寫。（請見表6-0-3）

表6-0-3　〈禮器碑〉、〈史晨碑〉

士	吐	社	士	土	社
士	吐	社	士	土	社
〈禮器碑〉[8]			〈史晨碑〉[9]		

　　馬王堆漢墓帛書，〈雜療方〉：「處土者爲蚑」的土字，兩橫寫成長短相近的樣子，右側沒有再加一點。今本《老子》第七十八章：「受國之垢，是謂社稷主」，〈老子乙本〉的社字，右側也沒有再加一點。靈帝中平二年（185）〈曹全碑〉：「脩身之士」的士字，「處士」、「博士」、「義士」的士字，都寫成兩橫上長下短，不寫成像是土的樣子。「世宗廟土」，土字兩橫上短下長，與士字有別。「北地」的地字，「西域」的域字，「理殘妃」的妃字，部首的土，都寫成加上一點。（請見表6-0-4）

表6-0-4　〈雜療方〉、〈老子乙本〉、〈曹全碑〉

土	社	士	土	地	域	妃
土	社	士	土	地	域	妃
〈雜療方〉[10]	〈老子乙本〉[11]	〈曹全碑〉[12]				

8　《禮器碑》，頁62、69，20、23，34、53。

9　《史晨碑》，頁50，20。

10　《木簡・竹簡・帛書》，頁7。

11　〈老子乙本〉，行216下。

12　《曹全碑》，頁25，4，8，13，30。

　　東漢和帝永元四年（92）篆書〈袁安碑〉：「遷東平城令」
的城字；馬王堆漢墓帛書，老子乙本卷前古佚書〈經法〉：「隳其
城郭」的城字；〈禮器碑〉：「任城番君舉」、「任城王子松」、
「任城謝伯威」的城字，部首的土，都沒有加上一點。〈史晨
碑〉：「南注城池」，城字左側的土不加點。〈曹全碑〉：「金城長
史」、「攻城野戰」、「興造城郭」、「燔城市」的城字，部首的
土，都寫成加上一點。（請見表6-0-5）

表6-0-5　〈袁安碑〉、〈經法〉、〈禮器碑〉、〈史晨碑〉、〈曹
　　　　　全碑〉

旅	城	城	城	城
〈袁安碑〉[13]	〈經法〉[14]	〈禮器碑〉[15]	〈史晨碑〉[16]	〈曹全碑〉[17]

　　《說文解字》土部，部首的土，右側兩橫之間，小篆都沒有寫成
再加一點。其他部首，示部的社字，口部的吐字，木部的杜字，土的
右側也沒有再加一點。漢代隸書，無論是不是土字部首，都有許多寫
成加一點的土字。東漢章帝元和三年（86）紀年塼：「完城」的城
字，〈史晨碑〉：「廥垣壞決」的垣字與壞字，部首的土，也都寫成
加上一點。（請見表6-0-6）

13　《袁安碑・袁敞碑》。

14　《木簡・竹簡・帛書》，頁16。

15　《禮器碑》，頁55、56、57。

16　《史晨碑》，頁59。

17　《曹全碑》，頁14。

表6-0-6　《說文解字》、《塼文集》、〈史晨碑〉

社	吐	杜	城		垣	壞
社	吐	杜	城	城	垣	壞
《說文解字》[18]			《塼文集》[19]		〈史晨碑〉[20]	

　　楷書士字，唐代以前，仍有寫成類似金文的，兩橫長短不分。隋文帝仁壽三年（603）〈蘇慈墓誌銘〉：「右侍中士」、「中侍上士」的士字，兩橫長短相近；「朝士數百人」的士字，寫成上短下長；「宣納上士」，則寫成下橫稍短。東晉穆帝永和四年（348）王羲之〈樂毅論〉：「以申齊士之志」、「燕齊之士」的士字，兩橫都寫成上長下短；北魏宣武帝延昌四年（515）〈皇甫麟墓誌銘〉：「卿士」、「處士」、「博士」、「民士」的士字，北魏孝明帝正光元年（520）〈李璧墓誌銘〉：「博士」的士字，也是寫成上長下短。（請見表6-0-7）

表6-0-7　〈蘇慈墓誌銘〉、〈樂毅論〉、〈皇甫麟墓誌銘〉、〈李璧墓誌銘〉

士　土　士	士	士	士
〈蘇慈墓誌銘〉[21]	〈樂毅論〉[22]	〈皇甫麟墓誌銘〉[23]	〈李璧墓誌銘〉[24]

---

[18] 《說文解字注》，頁8、59、242、695。

[19] 《塼文集》，頁53。

[20] 《史晨碑》，頁58。

[21] 《墓誌銘集》〈下〉，頁54、60、56。

[22] 《魏晉唐小楷集》，頁22、23。

[23] 《墓誌銘集》〈上〉，頁33、39、41。

[24] 《墓誌銘集》〈上〉，頁74。

　　唐代以前，土字仍有寫成類似隸書，右側兩橫之間多加一點。唐太宗〈大唐三藏聖教序〉：「翹心淨土」，集王羲之所寫的行書土字，右側加點。〈皇甫麟墓誌銘〉：「涇土」、「散千金若草土」的土字，隋文帝開皇十三年（593）所寫的《大智度經釋論》：「淨佛國土」的土字，楷書也都加點，而且兩橫長短不分。（請見表6-0-8）

表6-0-8　〈集字聖教序〉、〈皇甫麟墓誌銘〉、《大智度經釋論》

圡	土	士	圡
〈集字聖教序〉[25]	〈皇甫麟墓誌銘〉[26]	《大智度經釋論》[27]

　　唐代以後，楷書士字，兩橫大多寫成上長下短。楷書土字，右側有的加點，有的不加點。

　　唐太宗貞觀二年（628）虞世南〈孔子廟堂碑〉：「多士伏膺」的士字，「胙土錫圭」的土字，貞觀六年（632）歐陽詢〈九成宮醴泉銘〉：「百辟卿士」的士字，「□察厥土」的土字，士字兩橫都寫成上長下短，土字兩橫都寫成上短下長，右側也有加點。代宗大曆十四年（779）顏真卿〈顏勤禮碑〉：「弘文館學士」的士字，「開土門」的土字，士字兩橫寫成上長下短，土字兩橫寫成上短下長，右側沒有加點。武宗會昌元年（841）柳公權〈玄秘塔碑〉：「淨土」的土字，也是這樣寫。（請見表6-0-9）

---

[25]　《集字聖教序》，頁11。

[26]　《墓誌銘集》〈上〉，頁35、37、46。

[27]　《隋唐寫經集》，目次2。

表6-0-9　〈孔子廟堂碑〉、〈九成宮醴泉銘〉、〈顏勤禮碑〉、
　　　　〈玄秘塔碑〉

士	土	士	土	士	土	土
士	土	士	土	士	土	土
〈孔子廟堂碑〉[28]		〈九成宮醴泉銘〉[29]		〈顏勤禮碑〉[30]		〈玄秘塔碑〉[31]

　　智永〈眞草千字文〉：「學優登仕」的仕字，士的兩橫長短相近。顏眞卿〈顏勤禮碑〉：「俱仕東宮」的仕字，士的兩橫寫成上長下短，與士字相同。貞觀十一年（637）歐陽詢〈溫彥博碑〉：「平津筮仕」的仕字，士的兩橫寫成上短下長。貞觀十一年（637）歐陽詢〈皇甫誕碑〉：「鄉人爲之罷社」的社字，土的右側加點，兩橫也是寫成上短下長。仕字與社字，士與土的差別，僅僅只是加不加點而已。（請見表6-0-10）

表6-0-10　〈真草千字文〉、〈顏勤禮碑〉、溫彥博碑〉、〈皇甫誕碑〉

仕			社
仕	仕	仕	社
〈真草千字文〉[32]	〈顏勤禮碑〉[33]	〈溫彥博碑〉[34]	〈皇甫誕碑〉[35]

---

[28]　《孔子廟堂碑》，頁28、33。

[29]　《九成宮醴泉銘》，頁28、20。

[30]　《顏勤禮碑》，頁26、55。

[31]　《玄秘塔碑》，頁31。

[32]　《真草千字文》，頁17。

[33]　《顏勤禮碑》，頁15。

[34]　《化度寺碑·溫彥博碑》，頁37。日本東京：二玄社。

[35]　《皇甫誕碑》，頁25。

　　偏旁的土，有些會寫成加點，有些會寫成不加點。隸書杜字，〈曹全碑〉：「故塞曹史杜苗」的杜字，土的右側不加點。居延漢簡：「侯長杜彊」的杜字，右側的土，則寫成加上一點。楷書杜字，龍門二十品，北魏宣武帝景明三年（502）〈孫秋生劉起祖等造像記〉：「杜万歲」的杜字，土的右側加點。智永〈眞草千字文〉：「杜稾鍾隸」的杜字，土的右側則寫成不加點。（請見表6-0-11）

表6-0-11　〈曹全碑〉、〈居延漢簡〉、〈孫秋生造像記〉、〈真草千字文〉

杜	杜	杜	杜
〈曹全碑〉[36]	〈居延漢簡〉[37]	〈孫秋生造像記〉[38]	〈真草千字文〉[39]

　　《說文解字》土部，小篆在字釋為从土才聲。在字部首的土，馬王堆漢墓帛書，今本《老子》第二十四章：「其在道也」，〈老子甲本〉的在字，土字兩橫寫成上長下短；〈老子乙本〉的在字，土字兩橫寫成上短下長，土的右側都不加點。西漢宣帝五鳳三年（前55）紀年塼：「太歲在丙子」的在字，成帝時（前33）的紀年塼〈竟寧元年大歲在戊子盧鄉劉吉造〉，塼文在字，土的右側也都不加點。（請見表6-0-12）

---

[36]　《曹全碑》，頁43。

[37]　《木簡‧竹簡‧帛書》，頁62。

[38]　《龍門二十品》〈下〉，頁19。

[39]　《真草千字文》，頁26。

表6-0-12　《說文解字》、〈老子甲本〉、〈老子乙本〉、《博文集》

𡉈	左	在	在	𡉈
《說文解字》[40]	〈老子甲本〉[41]	〈老子乙本〉[42]	《博文集》[43]	

　　東漢桓帝永壽二年（156）〈禮器碑〉：「青龍在涒」的在字，靈帝建寧二年（169）〈史晨碑〉：「昔在仲尼」的在字，靈帝中平二年（185）〈曹全碑〉：「所在為雄」的在字，中平三年（186）隸書〈張遷碑〉：「在帷幕之內」的在字，居延漢簡：「在居延」的在字，土的右側也都不加點。（請見表6-0-13）

見表6-0-13　〈禮器碑〉、〈史晨碑〉、〈曹全碑〉、〈張遷碑〉、
　　　　　　〈居延漢簡〉

左	在	在	在	左
〈禮器碑〉[44]	〈史晨碑〉[45]	〈曹全碑〉[46]	〈張遷碑〉[47]	〈居延漢簡〉[48]

　　三國吳天璽元年（276）篆書〈天發神讖碑〉：「在諸石上」的在字，土的右側也不加點。楷書在字，部首的土，有些會寫成加

---

[40]　《說文解字注》，頁693。

[41]　〈老子甲本〉，行135。

[42]　〈老子乙本〉，行237下。

[43]　《博文集》，頁30、23。

[44]　《禮器碑》，頁2。

[45]　《史晨碑》，頁31。

[46]　《曹全碑》，頁5。

[47]　《張遷碑》，頁8。

[48]　《木簡‧竹簡‧帛書》，頁62。

點，有些會寫成不加點。西晉惠帝元康六年（296）所寫的《諸佛要
集經》：「其身所在遊居」的在字，東晉穆帝永和九年（353）王羲
之〈蘭亭脩稧詩集敘〉：「歲在癸丑」的在字，北魏龍門二十品，孝
文帝太和十九年（495）〈尉遲為牛橛造像記〉：「妙樂自在」的在
字，土的右側都不加點。（請見表6-0-14）

表6-0-14　〈天發神讖碑〉、《諸佛要集經》、〈蘭亭叙〉、〈尉遲
　　　　　為牛橛造像記〉

杜	在	在	在
〈天發神讖碑〉[49]	《諸佛要集經》[50]	〈蘭亭叙〉[51]	〈尉遲為牛橛造像記〉[52]

　　　智永〈眞草千字文〉：「鳴鳳在樹」的在字，〈九成宮醴泉
銘〉：「職在記言」的在字，唐高宗上元二年（675）所寫的《妙法
蓮華經》：「得最自在」的在字，土的右側也不加點。（請見表6-0-
15）

表6-0-15　〈真草千字文〉、〈九成宮醴泉銘〉、《妙法蓮華經》

在	在	在
〈真草千字文〉[53]	〈九成宮醴泉銘〉[54]	《妙法蓮華經》[55]

---

[49] 《天發神讖碑》。

[50] 《六朝寫經集》，目次1。

[51] 《蘭亭叙〈五種〉》，頁14。

[52] 《龍門二十品》〈上〉，頁6。

[53] 《真草千字文》，頁9。

[54] 《九成宮醴泉銘》，頁29。

[55] 《隋唐寫經集》，目次16。

　　西晉（266-316）所寫的《正法華經》：「遊在億千土」、「其人在彼行」的土字與在字，土的右側都加點。西晉所寫的《妙法蓮華經》：「若父在者」的在字，北涼玄始十六年（427）所寫的《優婆塞戒》：「一者在家」、「在家之人」的在字，承平十五年（457）所寫的《佛說菩薩藏經》：「歲在丁酉」的在字，土的右側都寫成加點。（請見表6-0-16）

表6-0-16　《正法華經》、《妙法蓮華經》、優婆塞戒》、《佛說菩薩藏經》

土	在	在	在
《正法華經》[56]	《妙法蓮華經》[57]	《優婆塞戒》[58]	《佛說菩薩藏經》[59]

　　唐代以前，楷書部首的土，除了在字之外，有些也會寫成右側加點。西涼建初元年（405）所寫的《十誦比丘戒本》：「敦煌城南」的城字，北魏孝明帝神龜二年（519）〈元琓妻穆玉容墓誌銘〉：「嗟乎地久」的地字，梁武帝普通四年（523）所寫的《華嚴經》：「令眾增善根」的增字，部首的土，還有寫成像是漢代隸書的樣子，右側也有加點。（請見表6-0-17）

56　《六朝寫經集》，目次3。
57　《六朝寫經集》，目次5。
58　《六朝寫經集》，目次15。
59　《六朝寫經集》，目次17。

表6-0-17　《十誦比丘戒本》、〈元斑妻穆玉容墓誌銘〉、《華嚴經》

城	地	增
《十誦比丘戒本》[60]	〈元斑妻穆玉容墓誌銘〉[61]	《華嚴經》[62]

　　北魏孝文帝太和三年（479）所寫的《雜阿毗曇心經》：「地獄」的地字，宣武帝延昌二年（513）《元顯儁墓誌銘》：「城陽懷王之季子」的城字，《大智度經釋論》：「增益善根」的增字，部首的土，右側就寫成沒有加點。（請見表6-0-18）

表6-0-18　《雜阿毗曇心經》、〈元顯儁墓誌銘〉、《大智度經釋論》

地	城	增
《雜阿毗曇心經》[63]	〈元顯儁墓誌銘〉[64]	《大智度經釋論》[65]

第一節　赤（亦）、赫：土不是土，原來是？

　　赤字的上半，我們現在寫成像是土的樣子，其實並不是土地的土。《說文解字》赤字釋為：「从大火」，小篆赤字的上半，就是寫成大。甲骨文與金文，赤字也都寫成从大火。（請見表6-1-1）

60　《六朝寫經集》，目次13。

61　《墓誌銘集》〈下〉，頁8。

62　《六朝寫經集》，目次11。

63　《六朝寫經集》，目次18。

64　《墓誌銘集》〈上〉，頁17。

65　《隋唐寫經集》，目次2。

表6-1-1　《說文解字》、《甲骨文字集釋》、《金文詁林》

炎	炎	赤	赤
《說文解字》[66]	《甲骨文字集釋》[67]	《金文詁林》[68]	

　　漢初馬王堆漢墓帛書，今本《老子》第五十五章：「含德之厚比於赤子」，〈老子甲本〉的赤字與小篆相似，上半寫成大，下半寫成火。〈老子乙本〉的赤字，下半也是寫成火，上半就寫成像是土了。大英圖書館所藏〈敦煌漢簡〉：「儵赤白黃」的赤字，上半寫成土，下半寫成火。甘肅省博物館所藏〈武威旱灘坡漢醫簡〉：「丸大如赤豆也」的赤字，上半也寫成土，下半的火則寫成灬。（請見表6-1-2）

表6-1-2　〈老子甲本〉、〈老子乙本〉、〈敦煌漢簡〉、〈武威旱灘坡漢醫簡〉

赤	赤	赤	赤
〈老子甲本〉[69]	〈老子乙本〉[70]	〈敦煌漢簡〉[71]	〈武威旱灘坡漢醫簡〉[72]

　　東漢靈帝建寧二年（169）〈史晨碑〉：「稽度為赤制」的赤字，上半也是寫成土，下半的火寫成灬，中央兩筆稍長，左右兩筆稍

---

[66]　《說文解字注》，頁496。

[67]　《甲骨文字集釋》，卷10，頁3197。

[68]　《金文詁林》卷10，字1337。

[69]　〈老子甲本〉，行36。

[70]　〈老子乙本〉，行190下。

[71]　《木簡・竹簡・帛書》，頁42。

[72]　《木簡・竹簡・帛書》，頁77。

短。

　　楷書赤字，東晉穆帝永和十二年（356）王羲之〈黃庭經〉：「赤朱」的赤字，上半寫成土，下半寫成灬。隋煬帝大業十一年（615）〈元公夫人姬氏墓誌銘〉：「圖開赤雀」的赤字，智永〈眞草千字文〉：「雞田赤城」的赤字，上半也是寫成土；下半的灬，中間兩筆加長，寫成一撇一豎，與上半的土相接，就是我們現在所寫的樣子。（請見表6-1-3）

表6-1-3　〈史晨碑〉、〈黃庭經〉、〈元公夫人姬氏墓誌銘〉、〈眞草千字文〉

赤	赤	赤	赤
〈史晨碑〉[73]	〈黃庭經〉[74]	〈元公夫人姬氏墓誌銘〉[75]	〈眞草千字文〉[76]

　　唐代楷書赤字，太宗貞觀二年（628）虞世南〈孔子廟堂碑〉：「帝京赤縣之中」的赤字，高宗龍朔三年（663）歐陽通〈道因法師碑〉：「遙瞻赤里之街」的赤字，代宗大曆十四年（779）顏眞卿〈顏勤禮碑〉：「畿赤尉丞」的赤字，武宗會昌元年（841）柳公權〈玄秘塔碑〉：「赤子無愁聲」的赤字，也都是這樣寫。楷書赤字，上半寫成像是土，就難以知道原來竟然是大；下半所寫的樣子，也難以知道原來竟然是火。（請見表6-1-4）

---

[73] 《史晨碑》，頁15。

[74] 《魏晉唐小楷集》，頁25。

[75] 《墓誌銘集》〈下〉，頁90。

[76] 《眞草千字文》，頁34。

表6-1-4 〈孔子廟堂碑〉、〈道因法師碑〉、〈顏勤禮碑〉、〈玄
秘塔碑〉

赤	赤	赤	赤
〈孔子廟堂碑〉[77]	〈道因法師碑〉[78]	〈顏勤禮碑〉[79]	〈玄秘塔碑〉[80]

　　赤字與亦字，上半看來只有一筆之差，下半是完全一樣的。但
是，亦字的下半與赤字不同，其實並不是火。《說文解字》亦字釋
為：「人之臂亦也，从大，象兩亦之形。」小篆亦字，在大的兩臂之
下各加一點，就是指出我們所說的腋下。甲骨文與金文的亦字，也是
這樣寫。（請見表6-1-5）

表6-1-5 《說文解字》、《甲骨文字集釋》、《金文詁林》

夾	夾	夾
《說文解字》[81]	《甲骨文字集釋》[82]	《金文詁林》[83]

　　漢代隸書，東漢靈帝建寧四年（171）〈西狹頌〉：「亦世賴
福」的亦字，「繼禹之迹」的迹字，亦字上半，大的頭部與兩臂，
已經與身上的兩腿分開。〈敦煌漢簡〉：「地之廣亦與之等」的亦

---

[77] 《孔子廟堂碑》，頁30。

[78] 《道因法師碑‧泉男生墓誌銘》，頁24。

[79] 《顏勤禮碑》，頁48。

[80] 《玄秘塔碑》，頁27。

[81] 《說文解字注》，頁498。

[82] 《甲骨文字集釋》，卷10，頁3211。

[83] 《金文詁林》卷10，字1346。

字，也把大字分開寫，亦字下半寫成像是火了。

　　武威磨咀子漢簡〈儀禮甲本・服傳〉：「何以亦基也」的亦字，〈儀禮甲本・有司〉：「亦衡載之」的亦字，也是把大字分開，下半寫成像是灬了。（請見表6-1-6）

表6-1-6　〈西狹頌〉、〈敦煌漢簡〉、〈服傳〉、〈有司〉

亦	迹	炎	亦	亦
〈西狹頌〉[84]		〈敦煌漢簡〉[85]	〈服傳〉、〈有司〉[86]	

　　楷書亦字，西晉惠帝元康六年（296）所寫的《諸佛要集經》：「然後亦當□」的亦字，後涼建初七年（411）所寫的《妙法蓮華經》：「聞是法亦難」、「斯人亦復難」的亦字，〈元公夫人姬氏墓誌銘〉：「夫人亦虔恭」的亦字，下半寫成與赤字相同，都像是我們現在所寫的樣子了。（請見表6-1-7）

表6-1-7　《諸佛要集經》、《妙法蓮華經》、〈元公夫人姬氏墓誌銘〉

亦	亦	亦
《諸佛要集經》[87]	《妙法蓮華經》[88]	〈元公夫人姬氏墓誌銘〉[89]

---

[84] 《西狹頌》，頁50、49。

[85] 《木簡・竹簡・帛書》，頁50。

[86] 《木簡・竹簡・帛書》，頁72、73。

[87] 《六朝寫經集》，目次1。

[88] 《六朝寫經集》，目次14。

[89] 《墓誌銘集》〈下〉，頁93。

　　永和四年（348）王羲之楷書〈樂毅論〉：「不亦惜哉」的亦
字，北魏宣武帝延昌二年（513）〈元顯儁墓誌銘〉：「亦莫邁其
後」的亦字，龍門二十品，〈魏靈藏薛法紹造像記〉：「亦標希世之
作」的亦字，下半都寫成像是灬。（請見表6-1-8）

表6-1-8　〈樂毅論〉、〈元顯儁墓誌銘〉、〈魏靈藏薛法紹造像記〉

点	点	点
〈樂毅論〉[90]	〈元顯儁墓誌銘〉[91]	〈魏靈藏薛法紹造像記〉[92]

　　唐代楷書，太宗貞觀六年（632）歐陽詢〈九成宮醴泉銘〉：
「蓋亦坤靈之寶」的亦字，貞觀十二年（638）褚遂良〈孟法師
碑〉：「亦既來儀」的亦字，唐高宗上元二年（675）所寫的《金剛
般若波羅蜜經》：「如露亦如電」的亦字，灬的中間兩筆加長，寫成
一撇一豎，就是我們現在所寫的樣子。（請見表6-1-9）

表6-1-9　〈九成宮醴泉銘〉、〈孟法師碑〉、《金剛般若波羅蜜經》

亦	亦	亦
〈九成宮醴泉銘〉[93]	〈孟法師碑〉[94]	《金剛般若波羅蜜經》[95]

---

[90] 《魏晉唐小楷集》，頁18。

[91] 《墓誌銘集》〈上〉，頁18。

[92] 《龍門二十品》〈上〉，頁36。

[93] 《九成宮醴泉銘》，頁24。

[94] 《孟法師碑》，頁14。

[95] 《隋唐寫經集》，目次15。

赤字並列，成為赫字。《說文解字》赫字釋為：「大赤兒，从二赤。[96]」隸書赫字與赤字相同，左上角與右上角也都寫成土的樣子。左下角與右下角的灬，共有八點之多。點畫繁多，就會有一些簡化。漢代隸書，桓帝永興元年（153）〈乙瑛碑〉：「赫赫彌章」的赫字，八點簡化成四點。桓帝永壽二年（156）〈禮器碑〉：「赫赫罔窮」的赫字，〈西狹頌〉：「赫赫明后」的赫字，八點簡化成六點。〈敦煌漢簡〉：「赫報」的赫字，並未簡化，兩個赤的下半都寫成火。（請見表6-1-10）

表6-1-10 〈乙瑛碑〉、〈禮器碑〉、〈西狹頌〉、〈敦煌漢簡〉

赫	赫	赫	赫
〈乙瑛碑〉[97]	〈禮器碑〉[98]	〈西狹頌〉[99]	〈敦煌漢簡〉[100]

楷書赫字，北魏龍門二十品，孝文帝太和年間（477-499）〈解伯達造像記〉：「皇道赫寧」的赫字，兩個土的第二橫相連，八點也簡化成六點。唐代楷書，虞世南〈孔子廟堂碑〉：「赫矣王猷」的赫字，兩個土的第二橫併為一橫，上半就寫成像是部首艸了；「赫赫玄功」的赫字，則並未簡化。歐陽詢〈九成宮醴泉銘〉：「赫赫明明」的赫字，也是兩個土的第二橫合併，兩個赤字的下半，也簡化成一個。玄宗天寶十一年（752）顏真卿〈多寶塔碑〉：「旁赫赫以弘敞」的赫字，並未簡化，就像我們現在所寫的樣子。（請見表6-1-11）

---

[96] 《說文解字注》，頁496。

[97] 《乙瑛碑》，頁38。

[98] 《禮器碑》，頁31。

[99] 《西狹頌》，頁43。

[100] 《木簡‧竹簡‧帛書》，頁42。

表6-1-11 〈解伯達造像記〉、〈孔子廟堂碑〉、〈九成宮醴泉銘〉、〈多寶塔碑〉

赫	赫 赫	恭	赫
〈解伯達造像記〉[101]	〈孔子廟堂碑〉[102]	〈九成宮醴泉銘〉[103]	〈多寶塔碑〉[104]

第二節 走（徒）、趙、起：土不是土，原來是？

　　走字與徒字，我們現在所寫的樣子，兩字的差別，只是徒字多加了彳。徒字所寫的走，其實並不是走字。雖然兩個字都有土，兩個土其實也並不相同。《說文解字》徒字釋為：「步行也，从辵，土聲。」甲骨文徒字从止，上半寫成土地的土。金文徒字，从彳从止，右上角也是寫成土。彳是道路，止是腳，徒字就是在地上走路的意思。（請見表6-2-1）

表6-2-1 《說文解字》、《甲骨文字集釋》、《金文詁林》

徒				徒
《說文解字》[105]	《甲骨文字集釋》[106]		《金文詁林》[107]	

---

101 《龍門二十品》〈上〉，頁32。

102 《孔子廟堂碑》，頁16、34。

103 《九成宮醴泉銘》，頁34。

104 《多寶塔碑》，頁27。

105 《說文解字注》，頁71。

106 《甲骨文字集釋》，卷2，頁0505。

107 《金文詁林》卷2，字0173。

　　《十鐘山房印舉》〈古鉥一〉：〈左司徒〉的徒字，上半寫成
土。〈官印二〉：〈雕丘徒丞印〉的徒字、〈鞣昌縣徒丞〉的徒
字，右上角也寫成土。雲夢睡虎地秦墓竹簡〈法律答問〉：「徒
吏」、「邦徒」的徒字，右上角也都寫成土。（請見表6-2-2）

表6-2-2　《十鐘山房印舉》、〈法律答問〉

馳	従	従	徒	徒
《十鐘山房印舉》[108]			〈法律答問〉[109]	

　　漢初馬王堆漢墓帛書，今本《老子》第七十六章：「柔弱者生之
徒」，〈老子甲本〉的徒字，〈老子乙本〉的徒字，〈五十二病方〉：
「蟯白徒道出者方」的徒字，右上角都是寫成土。（請見表6-2-3）

表6-2-3　〈老子甲本〉、〈老子乙本〉、〈五十二病方〉

徒	徒	徒
〈老子甲本〉[110]	〈老子乙本〉[111]	〈五十二病方〉[112]

　　東漢桓帝永興元年（153）〈乙瑛碑〉：「司徒」的徒字，永壽
二年（156）〈禮器碑〉：「司徒」的徒字，靈帝建寧二年（169）
〈史晨碑〉：「養徒三千」的徒字，建寧四年（171）〈西狹頌〉：

---

[108] 《十鐘山房印舉》，冊1，頁10、104。

[109] 《木簡‧竹簡‧帛書》，頁27。

[110] 〈老子甲本〉，行85。

[111] 〈老子乙本〉，行214上。

[112] 《木簡‧竹簡‧帛書》，頁9。

「常繇道徒」的徒字，中平二年（185）〈曹全碑〉：「縉紳之徒」
的徒字，右上角也都寫成土。（請見表6-2-4）

表6-2-4　〈乙瑛碑〉、〈禮器碑〉、〈史晨碑〉、〈西狹頌〉、
　　　　〈曹全碑〉

徒	徒	徒	徒	徒
〈乙瑛碑〉[113]	〈禮器碑〉[114]	〈史晨碑〉[115]	〈西狹頌〉[116]	〈曹全碑〉[117]

　　楷書徒字，北魏孝明帝熙平二年（517）〈崔敬邕墓誌銘〉：
「司徒」的徒字，孝莊帝普泰元年（531）〈張玄墓誌銘〉：「司
徒」的徒字，隋文帝仁壽三年（603）〈蘇慈墓誌銘〉：「僞徒」的
徒字，右上角也都寫成土。（請見表6-2-5）

表6-2-5　〈崔敬邕墓誌銘〉、〈張玄墓誌銘〉、〈蘇慈墓誌銘〉

徒	徒	徒
〈崔敬邕墓誌銘〉[118]	〈張玄墓誌銘〉[119]	〈蘇慈墓誌銘〉[120]

　　楷書徒字，左側有寫成人的，不寫成彳。北魏宣武帝延昌二年

---

113 《乙瑛碑》，頁29。
114 《禮器碑》，頁94。
115 《史晨碑》，頁33。
116 《西狹頌》，頁37。
117 《曹全碑》，頁25。
118 《墓誌銘集》〈上〉，頁58。
119 《墓誌銘集》〈下〉，頁32。
120 《墓誌銘集》〈下〉，頁60。

（513）〈元顯儁墓誌銘〉：「慕學之徒」的徒字，宣武帝延昌三年
（514）〈司馬昞妻孟敬訓墓誌銘〉：「与善徒言」的徒字，隋文帝
開皇十七年（597）〈美人董氏墓誌銘〉：「徒有望於山士」的徒
字，右上角也是寫成土。（請見表6-2-6）

表6-2-6　〈元顯儁墓誌銘〉、〈司馬昞妻孟敬訓墓誌銘〉、〈美人
　　　　董氏墓誌銘〉

〈元顯儁墓誌銘〉[121]	〈司馬昞妻孟敬訓墓誌銘〉[122]	〈美人董氏墓誌銘〉[123]

　　唐代楷書，太宗貞觀六年（632）歐陽詢〈九成宮醴泉銘〉：
「不徒聞於往昔」的徒字，玄宗天寶十一年（752）顏真卿〈多寶
塔碑〉：「庀徒度財」的徒字，右上角也是寫成土。武宗會昌元年
（841）柳公權〈玄秘塔碑〉：「其徒皆為達者」的徒字，右上角
寫成土；「徒令後學瞻仰俳佪」的徒字，右上角則寫成大。徒然的
徒，門徒的徒，寫成不同的樣子。（請見表6-2-7）

表6-2-7　〈九成宮醴泉銘〉、〈多寶塔碑〉、〈玄秘塔碑〉

〈九成宮醴泉銘〉[124]	〈多寶塔碑〉[125]	〈玄秘塔碑〉[126]	

---

121 《墓誌銘集》〈上〉，頁19。
122 《墓誌銘集》〈上〉，頁29。
123 《墓誌銘集》〈下〉，頁43。
124 《九成宮醴泉銘》，頁28。
125 《多寶塔碑》，頁16。
126 《玄秘塔碑》，頁40、50。

　　走字，《說文解字》釋爲：「趨也，从夭止。夭者，屈也。」小篆走字，上半並不寫成土，而是寫成夭。大是一個人，夭表示他頭部往前傾的意思。金文走字，有加上彳的。走的上半不寫成夭，寫成大而高舉一臂的樣子。小篆與金文，雖然大的形變不同，應該都表示一個人跑動的意思。（請見表6-2-8）

　　漢初馬王堆漢墓帛書，今本《老子》第二十六章：「靜爲躁君」、「躁則失君」，〈老子甲本〉躁字左側寫成走，走的上半寫成像是土，第二橫左側加寫一撇。〈老子乙本〉躁字左側也寫成走，走的上半寫成像是大，大的雙臂微微上舉。（請見表6-2-8）

表6-2-8　《說文解字》、《金文詁林》、〈老子甲本〉、〈老子乙本〉

走	走	躁	躁
《說文解字》[127]	《金文詁林》[128]	〈老子甲本〉[129]	〈老子乙本〉[130]

　　〈戰國縱橫家書〉：「免而西走」的走字，上半也像是大，左側也加寫一撇，就像是金文走字又加上彳。奔字上半與走字相同，《說文解字》都釋爲「从夭」。山東省博物館所藏臨沂銀雀山漢墓竹簡，〈孫子兵法‧行軍〉：「奔走陳兵者」，兩字上半也都寫成像是大，手臂也略有上揚。楷書走字，北魏宣武帝延昌年間（512-515）〈松滋公元萇溫泉頌〉：「走攀流月」的走字，唐玄宗天寶十一年（752）顏眞卿〈多寶塔碑〉：「異窮子之疾走」的走字，上半就寫成像是土了。（請見表6-2-9）

---

[127] 《說文解字注》，頁64。

[128] 《金文詁林》卷2，字0143。

[129] 〈老子甲本〉，行144。

[130] 〈老子乙本〉，行240下、241上。

表6-2-9 〈戰國縱橫家書〉、〈孫子兵法・行軍〉、〈溫泉頌〉、〈多寶塔碑〉

〈戰國縱橫家書〉[131]	〈孫子兵法・行軍〉[132]	〈溫泉頌〉[133]	〈多寶塔碑〉[134]

　　趙字，《說文解字》釋爲：「趙趙也，从走，肖聲。」小篆趙字，左上角也是寫成夭。金文趙字，左上角寫成大而高舉一臂的樣子。《十鐘山房印舉》〈姓名十六〉：〈趙閔〉印，趙字左上角寫成大而高舉一臂；〈趙丙〉印，趙字左上角則寫成像是小篆的之；〈趙利〉印，趙字左上角也寫成像是之，而且與左下角的止合併。印文趙字，走的上半都並不寫成土。（請見表6-2-10）

表6-2-10 《說文解字》、《金文詁林》、《十鐘山房印舉》、〈戰國縱橫家書〉

《說文解字》[135]	《金文詁林》[136]	《十鐘山房印舉》[137]		〈戰國縱橫家書〉[138]	

---

[131] 《木簡・竹簡・帛書》，頁13。

[132] 《木簡・竹簡・帛書》，頁30。

[133] 《高慶碑/ 松滋公元萇溫泉頌》，頁46。

[134] 《多寶塔碑》，頁7。

[135] 《說文解字注》，頁66。

[136] 《金文詁林》卷2，字0151。

[137] 《十鐘山房印舉》，冊2，頁653、654。

[138] 《木簡・竹簡・帛書》，頁13。

　　〈戰國縱橫家書〉：「歸於趙矣」的趙字，左上角寫成大，可見手臂略有上舉，最左側也加寫了一撇。「毋齊趙之患」的趙字，左上角則寫成像是土。西漢宣帝神爵三年（前59）居延漢帛書：「趙國」的趙字，東漢桓帝建和二年（148）〈石門頌〉：「趙邵」的趙字，永壽二年（156）〈禮器碑〉：「趙福」的趙字，左上角就都寫成像是土了。中平二年（185）〈曹全碑〉：「趙福」的趙字，左上角也寫成像是土；「趙炅」的趙字，左上角則寫成大而高舉一臂的樣子，與金文相同。（請見表6-2-10至6-2-11）

表6-2-11　　〈居延漢帛書〉、〈石門頌〉、〈禮器碑〉、〈曹全碑〉

𧺆	䞍	趙	䞆	趙
〈居延漢帛書〉[139]	〈石門頌〉[140]	〈禮器碑〉[141]	〈曹全碑〉[142]	

　　楷書趙字，龍門二十品，北魏宣武帝景明三年（502）〈孫秋生劉起祖等造像記〉：「趙光祖」的趙字，孝明帝正光元年（520）〈李璧墓誌銘〉：「作牧趙燕」的趙字，唐太宗貞觀十二年（638）褚遂良〈孟法師碑〉：「懷趙璧而無玷」的趙字，左上角也都是寫成像是土了。（請見表6-2-12）

---

[139] 《木簡‧竹簡‧帛書》，頁21。

[140] 《石門頌》，頁69。

[141] 《禮器碑》，頁93。

[142] 《曹全碑》，頁43、44。

表6-2-12　〈孫秋生劉起祖等造像記〉、〈李璧墓誌銘〉、〈孟法師碑〉

趙	趙	趙
〈孫秋生劉起祖等造像記〉[143]	〈李璧墓誌銘〉[144]	〈孟法師碑〉[145]

　　部首走字，以趙字為例，隸書與楷書，都是個常用字，就可見左上角幾乎都寫成像是土。隸書起字，左上角也多數寫成像是土。〈禮器碑〉：「魯傳世起千」的起字，東漢靈帝中平三年（186）隸書〈張遷碑〉：「黃巾初起」的起字，左上角都寫成像是土。〈曹全碑〉：「起兵幽冀」的起字，左上角也寫成像是土；「□□□起」的起字，左上角則寫成大而高舉一臂的樣子。（請見表6-2-13）

表6-2-13　〈禮器碑〉、〈張遷碑〉、〈曹全碑〉

起	起	起	起
〈禮器碑〉[146]	〈張遷碑〉[147]	〈曹全碑〉[148]	

　　隸書之後，起字左上角也多數寫成像是土。唐太宗〈大唐三藏聖教序〉：「驚砂夕起」，集王羲之（303-379）所寫的行書起字，左上角寫成像是土。〈孫秋生劉起祖等造像記〉：「姜龍起」的起

---

[143] 《龍門二十品》〈下〉，頁16。

[144] 《墓誌銘集》〈上〉，頁79。

[145] 《孟法師碑》，頁18。

[146] 《禮器碑》，頁35。

[147] 《張遷碑》，頁22。

[148] 《曹全碑》，頁17、42。

字，〈崔敬邕墓誌銘〉：「被旨起家」的起字，楷書左上角也寫成像是土。（請見表6-2-14）

表6-2-14　〈聖教序〉、〈孫秋生劉起祖等造像記〉、〈崔敬邕墓誌銘〉

起	起	起
〈聖教序〉[149]	〈孫秋生劉起祖等造像記〉[150]	〈崔敬邕墓誌銘〉[151]

　　隋唐楷書，智永〈眞草千字文〉：「起翦頗牧」的起字，歐陽詢〈九成宮醴泉銘〉：「長廊四起」的起字，顏眞卿〈多寶塔碑〉：「起因者相」的起字，左上角也寫成像是土。（請見表6-2-15）

表6-2-15　〈真草千字文〉、〈九成宮醴泉銘〉、〈多寶塔碑〉

起	起	起
〈真草千字文〉[152]	〈九成宮醴泉銘〉[153]	〈多寶塔碑〉[154]

　　唐太宗貞觀二年（628）虞世南〈孔子廟堂碑〉：「鳳薲騫其特起」的起字，左上角寫成大，而且在大的右側加一點，寫成像是犬的

---

149 《集字聖教序》，頁11。

150 《龍門二十品》〈下〉，頁16。

151 《墓誌銘集》〈上〉，頁58。

152 《真草千字文》，頁32。

153 《九成宮醴泉銘》，頁6。

154 《多寶塔碑》，頁36。

樣子。犬應該不是犬，就像金文走字，上半寫成大，右側加一點，也是高舉一臂的樣子。柳公權〈玄秘塔碑〉：「相與臥起」的起字，左上角也是寫成大，似乎要表示走的上半並不是土。徒字右側的走，我們現在所寫的樣子，與走字完全相同。若非追究趨同演化的軌跡，難以置信，徒字的走，與走字並不一樣。走字上半的土不是土，原來是大；高舉一臂，原來是一個人奔跑的樣子。（請見表6-2-16）

表6-2-16　〈孔子廟堂碑〉、〈玄秘塔碑〉

起	起
〈孔子廟堂碑〉[155]	〈玄秘塔碑〉[156]

第三節　志、時、寺、詩：土不是土，原來是？

　　志字與時字，我們現在的楷書，時字右上角會寫成土，志字看起來並沒有土。其實，志字的上半，也曾經寫成像是土的樣子。志字與時字，兩個字所寫的土，都並不是土地的土。

　　宋神宗元豐三年（1080）出版的《李太白文集》，〈白紵辭〉：「激楚結風醉志歸」的志字，〈東海有勇婦〉：「志在列女籍」的志字，上半都寫成像是士。宋孝宗淳熙八年（1181）出版的《文選》，〈文選序〉：「臨淵有懷沙之志」的志字，「詩者，蓋志之所之也」的志字，崔子玉〈座右銘〉：「行行鄙夫志」的志字，張子平〈四愁詩〉：「鬱鬱不得志」的志字，上半也都寫成像是士。宋代出版的《廣韻》，去聲〈志第七〉，志字上半也同樣寫成像是

---

[155] 《孔子廟堂碑》，頁24。
[156] 《玄秘塔碑》，頁21。

士，就像我們現在所寫的樣子。（請見表6-3-1）

表6-3-1　《李太白文集》、《文選》、宋本《廣韻》

志	志	志
《李太白文集》[157]	《文選》[158]	宋本《廣韻》[159]

　　宋代以前，志字上半往往會寫成像是土。唐代楷書，唐太宗貞觀十二年（638）褚遂良〈孟法師碑〉：「志在芝桂」的志字，高宗顯慶五年（660）所寫的《妙法蓮華經》：「及其志力」的志字，玄宗天寶十一年（752）顏真卿〈多寶塔碑〉：「懇志誦經」的志字，上半都寫成像是土，兩橫上短下長。太宗貞觀二年（628）虞世南〈孔子廟堂碑〉：「志在於求仁」的志字，則寫成兩橫長短相近。（請見表6-3-2）

表6-3-2　〈孟法師碑〉、《妙法蓮華經》、〈多寶塔碑〉、〈孔子
　　　　　廟堂碑〉

志	志	志	志
〈孟法師碑〉[160]	《妙法蓮華經》[161]	〈多寶塔碑〉[162]	〈孔子廟堂碑〉[163]

---

[157] 《李太白文集》，頁135、139。

[158] 《文選》，頁1、784、421。

[159] 四部叢刊初編，宋本《廣韻》。

[160] 《孟法師碑》，頁9。

[161] 《隋唐寫經集》，目次12。

[162] 《多寶塔碑》，頁12。

[163] 《孔子廟堂碑》，頁9。

　　唐代以前的楷書，東晉穆帝永和四年（348）王羲之〈樂毅論〉：「樂生之志」、「以申齊士之志」的志字，西涼建初元年（405）所寫的《十誦比丘戒本》：「善護其志意」的志字，北魏龍門二十品，孝文帝太和二十二年（498）〈北海王元詳造像記〉：「奉申前志」的志字，孝明帝正光二年（521）〈宣武帝嬪司馬顯姿墓誌銘〉：「感其囚怨之志」、「情陵玉潔，志辱冰堅」的志字，上半都寫成像是土，兩橫上短下長。（請見表6-3-3）

表6-3-3　〈樂毅論〉、《十誦比丘戒本》、〈北海王元詳造像記〉

志	志	志	志
〈樂毅論〉[164]		《十誦比丘戒本》[165]	〈北海王元詳造像記〉[166]

　　龍門二十品，宣武帝景明四年（503）〈廣川王祖母太妃侯造像記〉：「神志速就」的志字，孝明帝正光三年（522）〈張猛龍碑〉：「青衿之志」的志字，則寫成兩橫長短相近。（請見表6-3-4）

表6-3-4　〈司馬顯姿墓誌銘〉、〈廣川王祖母太妃侯造像記〉、
　　　　　〈張猛龍碑〉

志	志	志	志
〈司馬顯姿墓誌銘〉[167]		〈廣川王祖母太妃侯造像記〉[168]	〈張猛龍碑〉[169]

---

[164] 《魏晉唐小楷集》，頁19、22。

[165] 《六朝寫經集》，目次13。

[166] 《龍門二十品》〈上〉，頁28。

[167] 《墓誌銘集》〈下〉，頁24、27。

[168] 《龍門二十品》〈下〉，頁43。

[169] 《張猛龍碑》，頁17。

　　《說文解字》志字釋為：「意也，从心之，之亦聲。」小篆志字，上半並不是士，也不是土，而是之。雲夢睡虎地秦墓竹簡〈秦律雜抄〉：「志馬舍乘車馬後」的志字，漢初馬王堆漢墓帛書，〈戰國縱橫家書〉：「秦未得志於楚」的志字，上半都是寫成之，與《說文解字》小篆相同。（請見表6-3-5）

表6-3-5　《說文解字》、〈秦律雜抄〉、〈戰國縱橫家書〉

《說文解字》[170]	〈秦律雜抄〉[171]	〈戰國縱橫家書〉[172]

　　今本《老子》第三十一章：「不可得志於天下矣」，〈老子甲本〉與〈老子乙本〉的志字，上半都寫成像是土。今本《老子》第三十三章：「強行者有志」，〈老子甲本〉的志字，上半寫成之。今本《老子》第三章：「弱其志，強其骨」，〈老子乙本〉的志字，上半也寫成像是土。（請見表6-3-6）

表6-3-6　〈老子甲本〉、〈老子乙本〉

〈老子甲本〉[173]	〈老子乙本〉[174]	〈老子甲本〉[175]	〈老子乙本〉[176]

---

[170] 《說文解字注》，頁506。

[171] 《木簡・竹簡・帛書》，頁26。

[172] 《木簡・竹簡・帛書》，頁13。

[173] 〈老子甲本〉，行157。

[174] 〈老子乙本〉，行246下。

[175] 〈老子甲本〉，行162。

[176] 〈老子乙本〉，行220下。

　　相較於〈老子甲本〉，〈老子乙本〉志字上半的短橫，寫成比較平直。〈老子甲本〉志字上半的短橫，兩端都可見微有上曲。當然，〈老子甲本〉與〈老子乙本〉的志字，上半都應該是之字。或者，應該這樣說，是之字被寫成像是土的樣子，尤其是〈老子乙本〉。

　　今本《老子》第一章：「玄之又玄，眾妙之門」，〈老子乙本〉的之字，短橫仍可見微有上曲。今本《老子》第三章：「聖人之治」，〈老子乙本〉的之字，短橫就寫成更像是土了。今本《老子》第十一章：「有之以為利，無之以為用」，〈老子甲本〉的之字，單獨寫的時候，就寫成以後隸書的樣子，並不像是土。

　　漢代隸書，靈帝中平二年（185）〈曹全碑〉：「賢孝之性」的之字，單獨寫的時候，寫成與〈老子甲本〉相同的樣子。「先意承志」的志字，上半的之，就寫成像是土了。（請見表6-3-7）

表6-3-7　〈老子乙本〉、〈老子甲本〉、〈曹全碑〉

土	土	之	之	志
〈老子乙本〉[177]	〈老子乙本〉[178]	〈老子甲本〉[179]	〈曹全碑〉[180]	

　　時字，右上角寫成像是土，其實，並不是土地的土，也是之。《說文解字》時字釋為：「四時也，從日，寺聲。」小篆之外，另有「從日之」的古文時字。甲骨文時字，也是從日之。雲夢睡虎地秦墓竹簡〈秦律雜抄〉：「至老時」的時字，右上角就寫成像是土了。《十鐘山房印舉》〈姓名一〉：〈時由〉的時字，〈姓名之印一〉：〈時忠之印〉的時字，右上角都是寫成之，與《說文解字》小篆相同。（請見表6-3-8）

---

[177] 〈老子乙本〉，行218下。

[178] 〈老子乙本〉，行220下。

[179] 〈老子甲本〉，行111。

[180] 《曹全碑》，頁9。

表6-3-8　《說文解字》、《甲骨文字集釋》、〈秦律雜抄〉、《十
　　　　　鐘山房印舉》

《說文解字》[181]	《甲骨文字集釋》[182]	〈秦律雜抄〉[183]	《十鐘山房印舉》[184]	

漢初馬王堆漢墓帛書〈五十二病方〉：「毋禁毋時」的時字，今本
《老子》第八章：「事善能，動善時」，〈老子甲本〉的時字，右上角
都寫成之。〈老子乙本〉的時字，就寫成像是土。大英圖書館所藏〈敦
煌漢簡〉：「當此之時」的時字，也寫成像是土。（請見表6-3-9）

表6-3-9　〈五十二病方〉、〈老子甲本〉、〈老子乙本〉、〈敦煌
　　　　　漢簡〉

〈五十二病方〉[185]	〈老子甲本〉[186]	〈老子乙本〉[187]	〈敦煌漢簡〉[188]

時字，從日，寺聲。寺字上半，與時字相同，篆書也同樣寫成
之。《說文解字》寺字釋為：「從寸，之聲。」金文寺字，上半也

---

[181] 《說文解字注》，頁305。

[182] 《甲骨文字集釋》，卷7，頁2177。

[183] 《木簡・竹簡・帛書》，頁26。

[184] 《十鐘山房印舉》，冊2，頁551、冊3，頁1047。

[185] 《木簡・竹簡・帛書》，頁8。

[186] 〈老子甲本〉，行106。

[187] 〈老子乙本〉，行224上。

[188] 《木簡・竹簡・帛書》，頁41。

寫成之，下半則從又，或者從寸。漢代隸書，東漢明帝永平九年
（66）的〈開通褒斜道刻石〉：「褒中縣官寺」的寺字，上半寫成
像是土。土的直畫貫穿第二橫，似乎表示寺字上半並不是土。（請見
表6-3-10）

表6-3-10　《說文解字》、《金文詁林》、〈開通褒斜道刻石〉

《說文解字》[189]	《金文詁林》[190]	〈開通褒斜道刻石〉[191]

　　靈帝建寧二年（169）〈史晨碑〉：「空府竭寺」的寺字，中
平二年（185）〈曹全碑〉：「開南寺門」的寺字，上半就寫成像
是土了。唐太宗〈大唐三藏聖教序〉：「奉勅於弘福寺翻譯聖教要
文」，集王羲之（303-379）所寫的寺字，上半寫成像是土，土的直
畫也貫穿第二橫。（請見表6-3-11）

表6-3-11　〈史晨碑〉、〈曹全碑〉、〈集字聖教序〉

〈史晨碑〉[192]	〈曹全碑〉[193]	〈集字聖教序〉[194]

---

189 《說文解字注》，頁122。
190 《金文詁林》卷3，字0400。
191 《開通褒斜道刻石》。
192 《史晨碑》，頁52。
193 《曹全碑》，頁25。
194 《集字聖教序》，頁27。

　　楷書寺字，六朝寫經，梁武帝天監五年（506）所寫的《大般涅槃經》：「竹林寺」的寺字，唐玄宗天寶十一年（752）顏眞卿〈多寶塔碑〉：「千福寺」的寺字，武宗會昌元年（841）柳公權〈玄秘塔碑〉：「安國寺」的寺字，上半都寫成像是土。高宗上元二年（675）所寫的《妙法蓮華經》：「實際寺」、「太原寺」的寺字，上半寫成像是土，有些土的直畫也貫穿第二橫。（請見表6-3-12）

表6-3-12　　《大般涅槃經》、〈多寶塔碑〉、〈玄秘塔碑〉、《妙法蓮華經》

寺	寺	寺	寺	寺
《大般涅槃經》[195]	〈多寶塔碑〉[196]	〈玄秘塔碑〉[197]	《妙法蓮華經》[198]	

　　漢代隸書，靈帝建寧四年（171）〈西狹頌〉：「時府丞右扶風陳倉呂國」的時字，右上角寫成直畫貫穿二橫。「敦詩悅禮」的詩字，右上角也這樣寫。「詩所謂如集于木」的詩字，則寫成像是土。中平三年（186）〈張遷碑〉：「詩云舊國，其命惟新」的詩字，右上角也寫成直畫貫穿二橫。東漢桓帝延熹七年（164）紀年塼：「入時雨」的時字，晉武帝太康五年（284）紀年塼：「四時爲伍」的時字，右上角都寫成像是之，而不是土。（請見表6-3-13）

---

[195] 《六朝寫經集》，目次8。

[196] 《多寶塔碑》，頁2。

[197] 《玄秘塔碑》，頁14。

[198] 《隋唐寫經集》，目次16。

表6-3-13　〈西狹頌〉、〈張遷碑〉、《塼文集》

時	詩			時	
時	詩	詩	詩	時	時
〈西狹頌〉[199]	〈張遷碑〉[200]			《塼文集》[201]	

　　桓帝永興元年（153）〈乙瑛碑〉：「四時來祠」的時字，永壽二年（156）〈禮器碑〉：「時令漢中南鄭趙宣」的時字，靈帝建寧二年（169）〈史晨碑〉：「字伯時」的時字，中平二年（185）〈曹全碑〉：「風雨時節」的時字，右上角也都寫成像是土。（請見表6-3-14）

表6-3-14　〈乙瑛碑〉、〈禮器碑〉、〈史晨碑〉、〈曹全碑〉

時	時	時	時
〈乙瑛碑〉[202]	〈禮器碑〉[203]	〈史晨碑〉[204]	〈曹全碑〉[205]

　　王羲之〈樂毅論〉：「于斯時也」的時字，右上角寫成像是土。永和九年（353）〈蘭亭脩禊詩集敘〉：「列敘時人」的時字，〈大唐三藏聖教序〉：「四時無形」的時字，土的直畫都寫成貫穿第二

---

[199] 《西狹頌》，頁52、6、31。

[200] 《張遷碑》，頁29。

[201] 《塼文集》，頁49、50，57。

[202] 《乙瑛碑》，頁5。

[203] 《禮器碑》，頁91。

[204] 《史晨碑》，頁38。

[205] 《曹全碑》，頁23。

橫。（請見表6-3-15）

表6-3-15　〈樂毅論〉、〈蘭亭叙〉、〈集字聖教序〉

時	時	時
〈樂毅論〉[206]	〈蘭亭叙〉[207]	〈集字聖教序〉[208]

　　楷書時字，唐太宗貞觀二年（628）虞世南〈孔子廟堂碑〉：「仁獸非時」的時字，貞觀六年（632）歐陽詢〈九成宮醴泉銘〉：「道隨時泰」的時字，代宗大曆十四年（779）顏眞卿〈顏勤禮碑〉：「各爲一時□□之選」的時字，右上角也都寫成像是土了。（請見表6-3-16）

表6-3-16　〈孔子廟堂碑〉、〈九成宮醴泉銘〉、〈顏勤禮碑〉

時	時	時
〈孔子廟堂碑〉[209]	〈九成宮醴泉銘〉[210]	〈顏勤禮碑〉[211]

---

[206] 《魏晉唐小楷集》，頁19。

[207] 《蘭亭叙〈五種〉》，頁18。

[208] 《集字聖教序》，頁3。

[209] 《孔子廟堂碑》，頁13。

[210] 《九成宮醴泉銘》，頁37。

[211] 《顏勤禮碑》，頁17。

第七章

灬不是火

　　初學漢字，說到馬，都可能會這樣說，灬是馬的四條腿。但是，鳥也有灬，魚也有灬，燕也有灬，焉也有灬，很多動物都有灬。當然，灬不僅只是火的簡化，也是許多漢字共用的字形。還有很多灬，並不是火，是**趨同演化**所造成的。

第一節　無、舞、无：灬不是火，原來是？

　　無字有灬，舞字並沒有灬，這是我們現在楷書所寫的樣子。其實，《說文解字》的小篆，舞字寫成無加上舛，原來也應該是有灬的。无字，看起來完全不像無，其實，是極簡化的無字。

　　無，常被用為沒有的意思。這個抽象的意思，當然不是無字原來的意義。無字的下半，我們現在寫成灬，其實也不是火的意思。《說文解字》有無字，《十鐘山房印舉》〈官印七〉：〈無當司馬〉印、〈撫戎司馬〉印，印文中的無字與撫字，小篆所寫的無，無的下半並沒有灬。（請見表7-1-1）

表7-1-1　《說文解字》、《十鐘山房印舉》

無	無	無
《說文解字》[1]	《十鐘山房印舉》[2]	

---

[1]　《說文解字注》，頁274。
[2]　《十鐘山房印舉》，冊1，頁139。

　　甲骨文無字，是非常象形的圖畫。中央的大，是一個人正面站立的樣子。大的雙臂，垂掛有串狀的飾物，有的腿上也有飾物。甲骨文象形的無，看來應該就是我們現在所寫的舞。金文常見無字，也常有無疆二字連言的。無字也寫成與甲骨文相似，無字中央也都有大。〈大克鼎〉：「無疆」的無字，〈秦公鐘〉：「無疆」的無字，大的雙臂雙腿都較長，也較爲明顯。（請見表7-1-2）

表7-1-2　《甲骨文字集釋》、〈大克鼎〉、〈秦公鐘〉

《甲骨文字集釋》[3]		〈大克鼎〉[4]	〈秦公鐘〉[5]

　　〈毛公鼎〉的無字，大的雙臂簡化，寫成一個較不明顯的點。〈秦公簋〉：「無疆」的無字，大的雙腿縮短，寫成很不明顯的樣子。〈曾姬無卹壺〉：「無卹」的無字，大已經極簡化，人的身體被省略，只留下雙臂，寫成了一長橫。漢初馬王堆漢墓帛書〈戰國縱橫家書〉：「無所用」的無字，與〈曾姬無卹壺〉相同，大的雙臂也被簡化，寫成了一橫。左下右下，像是篆書木字的部分，也把上半簡化，連著寫成一長橫。我們現在所寫的無字有三長橫，應該就是這樣演化而來的。（請見表7-1-3）

---

[3]　《甲骨文字集釋》，卷6，頁2039。

[4]　《甲骨文·金文》，頁63。

[5]　《甲骨文·金文》，頁89。

表7-1-3　〈毛公鼎〉、〈秦公簋〉、〈曾姬無卹壺〉、〈戰國縱橫家書〉

〈毛公鼎〉[6]	〈秦公簋〉[7]	〈曾姬無卹壺〉[8]	〈戰國縱橫家書〉[9]

　　篆書所簡化的無字，漢代隸書又再繼續簡化。大英圖書館所藏敦煌漢簡：「刻畫無等雙」的無字，「無因以上」的無字，再把篆書的中段簡化。兩個像是廿的部分又再簡化，寫成了卌。隸書無字的上半，就寫成了四條縱線與三條橫線交織的樣子。隸書無字的下半，也寫成極簡化的樣子。把無字左下右下，像是篆書木字的下半再簡化。左下右下像是巾的部分，被簡化成點。敦煌漢簡無字的下半，有簡化成五點的，有簡化成四點的。寫成四點的，就是我們現在的寫法。

　　草書無字，有些先寫一長橫，然後在一長橫上加點，加縱線。王羲之（303-379）〈逸民帖〉：「無緣」的無字，唐德宗貞元十五年（799）懷素〈草書千字文〉：「藉甚無竟」的無字，一長橫應該都是來自於大的雙臂。這樣的寫法，也是延續這個演化的軌跡而來的。（請見表7-1-4）

6　《甲骨文‧金文》，頁71。

7　《甲骨文‧金文》，頁85。

8　《甲骨文‧金文》，頁93。

9　《木簡‧竹簡‧帛書》，頁12。

表7-1-4　〈敦煌漢簡〉、〈逸民帖〉、〈草書千字文〉

〈敦煌漢簡〉[10]	〈逸民帖〉[11]	〈草書千字文〉[12]

　　漢代隸書，東漢桓帝建和二年（148）〈石門頌〉：「無偏蕩蕩」的無字，靈帝建寧二年（169）〈史晨碑〉：「與天無極」的無字，「無公出酒脯」的無字，靈帝中平二年（185）〈曹全碑〉：「禮無遺闕」的無字。都把大的雙臂置頂，寫成第一條橫線。或橫線上再加一點，等於是大的頭部。（請見表7-1-5）六朝時期的楷書，北魏孝莊帝普泰元年（531）〈張玄墓誌銘〉：「幽靈無簡」的無字，就是這樣寫。

　　隸書之後，鍾繇（151-230）楷書〈宣示表〉：「無有二計」的無字，東晉穆帝永和四年（348）王羲之楷書〈樂毅論〉：「心無近事」的無字，以及隋文帝開皇十七年（597）〈美人董氏墓誌銘〉：「杳杳無春」的無字，置頂橫畫的點，都已經移到橫畫左側，寫成了一短撇，就像我們現在所寫的樣子。（請見表7-1-6）

表7-1-5　〈石門頌〉、〈史晨碑〉、〈曹全碑〉

〈石門頌〉[13]	〈史晨碑〉[14]		〈曹全碑〉[15]

10　《木簡・竹簡・帛書》，頁51、52。

11　《十七帖》，頁49。日本東京：二玄社。

12　《草書千字文》，頁8。日本東京：二玄社。

13　《石門頌》，頁50。

14　《史晨碑》，頁56、10。

15　《曹全碑》，頁10。

表7-1-6　〈張玄墓誌銘〉、〈宣示表〉、〈樂毅論〉、〈美人董氏墓誌銘〉

无	無	無	無
〈張玄墓誌銘〉[16]	〈宣示表〉[17]	〈樂毅論〉[18]	〈美人董氏墓誌銘〉[19]

　　唐代楷書，太宗貞觀十二年（638）褚遂良〈孟法師碑〉：「懷趙璧而無玷」的無字，橫畫左側寫成一短撇；「心叶無為」的無字，則在橫畫之上加一點，兩種寫法並用。玄宗開元十七年（729）所寫的《要行捨身經》：「無有愛憎」的無字，武宗會昌元年（841）柳公權〈玄秘塔碑〉：「背此無以為達道也」的無字，也都在橫畫左側寫一短撇。（請見表7-1-7）

表7-1-7　〈孟法師碑〉、《要行捨身經》、〈玄秘塔碑〉

無	無	無	無
〈孟法師碑〉[20]		《要行捨身經》[21]	〈玄秘塔碑〉[22]

　　無字的下半，我們現在寫成灬的，當然不是火。從趨同演化所見，灬是從舞者的掛飾演化而來。甲骨文無字就是舞的意思，掛飾

16　《墓誌銘集》〈下〉，頁35。

17　《魏晉唐小楷集》，頁3。

18　《魏晉唐小楷集》，頁20。

19　《墓誌銘集》〈下〉，頁46。

20　《孟法師碑》，頁18。

21　《隋唐寫經集》，目次24。

22　《玄秘塔碑》，頁8。

畫出手舞；金文舞字加夫，小篆舞字加舛，增加了足蹈的意思[23]。《說文解字》舞字釋爲：「樂也。用足相背，从舛，無聲。」依照小篆，舞字本來也應該寫成有灬的，我們現在所寫的楷書舞字，把灬省略，把掛飾的一部分換成小篆的兩個腳掌了。（請見表7-1-8）

表7-1-8　《甲骨文字集釋》、《金文詁林》、《說文解字》

《甲骨文字集釋》[24]	《金文詁林》[25]	《說文解字》[26]

　　無字，也可以寫成无。《說文解字》亡部，有小篆从亡，無聲，釋爲亡。這個字，也寫成无。漢初馬王堆漢墓帛書，今本《老子》第十一章：「無之以爲用」，第三章：「常使民無知無欲」，〈老子甲本〉與〈老子乙本〉，無字都寫成无。〈春秋事語〉：「上下无郤」、「无事矣」，也是這樣寫。（請見表7-1-9）

表7-1-9　《說文解字》、〈老子甲本〉、〈老子乙本〉、〈春秋事語〉

《說文解字》[27]	〈老子甲本〉[28]	〈老子乙本〉[29]	〈春秋事語〉[30]

---

[23]　手舞足蹈，《甲骨文字集釋》，卷5，頁1927。

[24]　《甲骨文字集釋》，卷5，頁1927。

[25]　《金文詁林》卷5，字0730。

[26]　《說文解字注》，頁236。

[27]　《說文解字注》，頁640。

[28]　〈老子甲本〉，行111。

[29]　〈老子乙本〉，行226上。

[30]　《木簡・竹簡・帛書》，頁10、11。

　　无字從尢，尢是大的另一種寫法。就像是人字，也可以寫成儿。
无字，在尢的上半身加了一條橫線。這條橫線，應該與無字的幾條橫
線一樣，都是舞者的掛飾。無字雙臂上的掛飾，被簡化為一橫。无
字，可以說是無字的極簡化寫法。

　　馬王堆漢墓帛書〈戰國縱橫家書〉有兩本，一本「我无功，君
无功」，無字寫成无；另一本「無所用」，無字則寫成無。漢代隸
書，東漢桓帝永興元年（153）〈乙瑛碑〉：「無常人掌領」，無字
寫成無；「功垂无窮」，無字則寫成无。（請見表7-1-10）

表7-1-10　　〈戰國縱橫家書〉、〈乙瑛碑〉

老	𣞤	無	无
〈戰國縱橫家書〉[31]		〈乙瑛碑〉[32]	

　　靈帝建寧四年（171）〈西狹頌〉：「無對會之事」、「為患無
已」，無字都寫成無；「四方无雍」，無字則寫成无。靈帝中平三年
（186）〈張遷碑〉：「聲無細聞」、「路無拾遺」，無字寫成無；
「干祿无疆」，無字則寫成无。由此可見，漢代書寫的無字，碑文的
無字，都可以寫成無，也可以寫成无。（請見表7-1-11）

表7-1-11　　〈西狹頌〉、〈張遷碑〉

無	無	无	無	無	无
〈西狹頌〉[33]			〈張遷碑〉[34]		

31　《木簡・竹簡・帛書》，頁12、13。

32　《乙瑛碑》，頁6、42。

33　《西狹頌》，頁19、35、41。

34　《張遷碑》，頁19、22、34。

　　楷書无字，六朝寫經，無字往往寫成无。西晉惠帝元康六年
（296）所寫的《諸佛要集經》：「福无限量」的无字，懷帝永嘉六
年（308）所寫的《摩訶般若波羅蜜經》：「无所著」的无字，梁武
帝普通四年（523）所寫的《華嚴經》：「乃至无量行」的无字，無
字都寫成无。（請見表7-1-12）

表7-1-12　《諸佛要集經》、《摩訶般若波羅蜜經》、《華嚴經》

无	无	无
《諸佛要集經》[35]	《摩訶般若波羅蜜經》[36]	《華嚴經》[37]

　　北魏龍門二十品造像記，孝明帝神龜三年（520）〈比丘尼慈香
慧政造像記〉：「願騰无碍之境」的无字，〈比丘道匠造像記〉：
「應合无方」的无字，無字也寫成无。（請見表7-1-13）

表7-1-13　〈比丘尼慈香慧政造像記〉、〈比丘道匠造像記〉

无	无
〈比丘尼慈香慧政造像記〉[38]	〈比丘道匠造像記〉[39]

　　隋唐之後的寫經，隋文帝開皇三年（583）所寫的《華嚴經》：
「歡喜无量」的无字，唐太宗貞觀十五年（641）所寫的《金剛般

---

[35] 《六朝寫經集》，目次1。

[36] 《六朝寫經集》，目次2。

[37] 《六朝寫經集》，目次11。

[38] 《龍門二十品》〈下〉，頁61。

[39] 《龍門二十品》〈上〉，頁62。

若波羅蜜經》後記：「无得之功」的无字，代宗大曆五年（770）所寫的《觀世音經》：「无垢清淨光」的无字，後梁末帝貞明六年（920）所寫的《佛說佛名經》：「无善可恃」的无字，無字也都寫成无。（請見表7-1-14）

表7-1-14　《華嚴經》、《金剛般若波羅蜜經》、《觀世音經》、　　　　　　《佛說佛名經》

无	无	无	无
《華嚴經》[40]	《金剛般若波羅蜜經》[41]	《觀世音經》[42]	《佛說佛名經》[43]

　　漢初馬王堆漢墓帛書，〈老子甲本〉、〈老子乙本〉、〈春秋事語〉、〈戰國縱橫家書〉的无字，在篆隸演化之間。書寫的无字，寫成像是大與尢，橫線是雙臂，高出橫線上的，應該是舞者的頭部。隸書碑文的无字，楷書的无字，舞者的頭部也被忽略了。

第二節　盡、燼：灬不是火，原來是？

　　盡字，我們現在的寫法，在聿與皿之間有灬。盡字也會再加上火部，成為灰燼的燼字。就像申字演化為電、云字演化為雲、或字演化為國、莫字演化為暮，以此類推，我們可能也會這樣猜測，盡字演化為燼，灬可能就是火。

---

[40]　《隋唐寫經集》，目次1。

[41]　《隋唐寫經集》，目次10。

[42]　《隋唐寫經集》，目次30。

[43]　《隋唐寫經集》，目次32。

　　《說文解字》盡字釋爲：「器中空也。从皿，聿聲。」認爲盡字由聿字而來。《說文解字》聿字釋爲：「火之餘木也。从火，聿聲。」學者也認爲聿字就是我們現在的燼字。秦始皇廿六年（前221）所頒行的權量銘文：「盡并兼天下」的盡字，上半並不是聿。比聿少了一橫，甚至少了兩橫。

　　甲骨文聿字，寫成非常象形的樣子。从又持丨，象手持火箸，前端插入火中，用來撥動餘火。學者認爲甲骨文聿字不从聿，聿是手上拿筆，而丨則是火箸。可能因爲箸的下端與火焰相接，所以就寫成聿了[44]。

　　甲骨文盡字，也是非常象形的樣子。有的寫成从聿从皿，有的寫成从聿从凵，並且再加幾個小點。看起來是手持像筆一樣的工具，清洗餐具的樣子。盡字所加的點，應該就是水滴。吃完飯之後，才會清洗餐具，所以盡字就被用爲結束之意。

　　秦權量銘的盡字，聿的下半，寫成像是小篆的大字。或者又再省略大的雙臂，左右再各加上一點，看起來就像是小篆的火字了。漢初馬王堆漢墓帛書〈春秋事語〉：「盡言」的盡字，也是這樣寫。（請見表7-2-1）

表7-2-1　《說文解字》、〈秦權量銘〉、〈春秋事語〉

盡	聿	盡		
《說文解字》[45]		〈秦權量銘〉[46]		〈春秋事語〉[47]

44　《甲骨文字集釋》，卷10，頁3169。

45　《說文解字注》，頁214、488。

46　《秦權量銘》，頁26、11。

47　《木簡‧竹簡‧帛書》，頁11。

　　漢代隸書盡字，大多數並沒有灬。靈帝建寧二年（169）〈史晨碑〉：「臣盡力思惟」的盡字，中平二年（185）〈曹全碑〉：「收合餘燼」的燼字。不但沒有灬，聿的兩橫都少了一橫。（請見表7-2-2）

表7-2-2　《甲骨文字集釋》、〈史晨碑〉、〈曹全碑〉

夆	盡				燼
《甲骨文字集釋》[48]				〈史晨碑〉[49]	〈曹全碑〉[50]

　　大英圖書館所藏敦煌漢帛書：「令盡諷誦」的盡字，聿的兩橫也少了一橫；「皆和盡」的盡字，甚至聿的兩橫都沒有了。中研院所藏居延漢簡，「元康元年盡二年」的盡字，則寫成像是聿。東漢靈帝熹平六年（177）隸書〈尹宙碑〉：「進思盡忠」的盡字，聿的兩橫少了一橫，又再加上灬，就和我們現在楷書所寫的完全一樣了。（請見表7-2-3）

表7-2-3　〈敦煌漢帛書〉、〈居延漢簡〉、〈尹宙碑〉

〈敦煌漢帛書〉[51]		〈居延漢簡〉[52]	〈尹宙碑〉[53]

---

[48]　《甲骨文字集釋》，卷5，頁1717。

[49]　《史晨碑》，頁27。

[50]　《曹全碑》，頁20。

[51]　《木簡・竹簡・帛書》，頁40、42。

[52]　《木簡・竹簡・帛書》，頁58。

[53]　《漢尹宙碑》，頁27。

　　楷書盡字，也有許多寫法與隸書相似。有从聿从皿的，有把聿的兩橫減少一橫的。也有聿減少一橫，聿與皿之間加上灬的。

　　西晉（266-316）所寫的《妙法蓮華經》：「病盡除愈」的盡字，梁武帝普通四年（523）正法无盡藏所寫的《華嚴經》署名的盡字，北魏龍門二十品〈比丘道匠造像記〉：「今悟盡性」的盡字。北魏宣武帝延昌三年（514）〈司馬昞妻孟敬訓墓誌銘〉：「盡力事上」的盡字，都是寫成从聿从皿，也都沒有加上灬。延昌四年（515）〈皇甫麟墓誌銘〉：「窮盡州望」的盡字，也寫成从聿从皿；「兌頑盡悟」的盡字，則寫成少了一橫的聿。（請見表7-2-4至7-2-5）

表7-2-4　《妙法蓮華經》、《華嚴經》、〈比丘道匠造像記〉

盡	盡	盡
《妙法蓮華經》[54]	《華嚴經》[55]	〈比丘道匠造像記〉[56]

表7-2-5　〈司馬昞妻孟敬訓墓誌銘〉、〈皇甫麟墓誌銘〉

盡	盡	盡
〈司馬昞妻孟敬訓墓誌銘〉[57]	〈皇甫麟墓誌銘〉[58]	

　　東晉穆帝永和四年（348），王羲之〈樂毅論〉：「其未盡之」的盡字，永和九年（353）〈蘭亭脩禊詩集敘〉：「終期於盡」的盡

---

[54] 《六朝寫經集》，目次5。

[55] 《六朝寫經集》，目次11。

[56] 《龍門二十品》〈上〉頁63。

[57] 《墓誌銘集》〈上〉，頁27。

[58] 《墓誌銘集》〈上〉，頁40、39。

字，智永〈眞草千字文〉：「忠則盡命」的盡字，隋文帝仁壽三年（603）〈蘇慈墓誌銘〉：「閱世俄盡」的盡字，就和我們現在所寫的盡字相同。（請見表7-2-6）

表7-2-6　〈樂毅論〉、〈蘭亭叙〉、〈真草千字文〉、〈蘇慈墓誌銘〉

盡	盡	盡	盡
〈樂毅論〉[59]	〈蘭亭叙〉[60]	〈真草千字文〉[61]	〈蘇慈墓誌銘〉[62]

　　唐太宗貞觀二年（628）虞世南〈孔子廟堂碑〉：「書燼儒坑」的燼字，「空盡貳師之兵」的盡字；玄宗天寶十一年（752）顏眞卿〈多寶塔碑〉：「眾盡瞻覿」的盡字，武宗會昌元年（841）柳公權〈玄秘塔碑〉：「盡貯汝腹」的盡字，也都這樣寫。楷書盡字，雖然都已經寫成有灬的樣子，當然，灬並不是火。從甲骨文看來，寫成灬的，原來很可能竟然是水，是水滴。（請見表7-2-7）

表7-2-7　〈孔子廟堂碑〉、〈多寶塔碑〉、〈玄秘塔碑〉

燼	盡	盡	盡
〈孔子廟堂碑〉[63]		〈多寶塔碑〉[64]	〈玄秘塔碑〉[65]

59　《魏晉唐小楷集》，頁18。

60　《蘭亭叙〈五種〉》，頁17。

61　《真草千字文》，頁15。

62　《墓誌銘集〈下〉》，頁73。

63　《孔子廟堂碑》，頁32、20。

64　《多寶塔碑》，頁18。

65　《玄秘塔碑》，頁16。

參

什麼不是什麼

　　「什麼不是什麼」,是趨同演化的謎團,解讀漢字時,也是我們不得不克服的窘境。舉例來說:日月明,原來寫成朙月朙。演化過程中,曾經簡化成目月明。唐玄宗天寶十一年(752)顏眞卿〈多寶塔碑〉碑文:「發明資乎十力」、「漢明永平之日」、「至聖文明」,寫成了目月明:「遠望則朙」、「繼朙二祖」、「誰朙大宗」,則寫成了朙月朙。在同一件石碑,同一位書家,同一個字,可以寫成兩種樣子。朙月朙與目月明,是可以同時並存的。目月明,原來是朙字演化歷程中的一種簡化,與我們現在所寫的日月明是一樣的。字書有眀字,節外生枝,解讀爲視,解讀爲視瞭也,還有人主張从明廢眀可也。朙寫成明,王羲之這樣寫,蘇東坡這樣寫,文徵明寫自己的名字也是這樣寫,眀字何辜。

　　曹字,原來也不是這樣寫,寫成這樣,誰也看不懂到底是什麼意思。東漢靈帝中平二年(185)〈曹全碑〉,碑文中的曹字寫成四種樣子,堪稱集曹字的大成。曹字上半原來有兩個東,〈曹全碑〉的曹字,有的寫成兩個東;有的把像是日的部分合併,又省去東下半的一撇一捺;有的乾脆把兩個東的下半都省了,成爲我們現在所寫的樣子;有的還要再省,再省一半,寫成極簡化的曹,比我們現在的曹還簡單。如果我們不理會這些歷程,不在乎每個漢字的生命,是非常可惜的。忽視演化的歷程,趨同演化就會是永遠的謎團。有些字,我們眞的就會看不懂。最可惜的是,演化歷程,不也就是漢字書寫的趣味。

　　有位畢業多年的同學,平日勤習書法,偶然談起漢字的趨同演化,也是感同身受。許多碑帖中的漢字,寫成和我們現在不同的樣子。習字的時候,往往不知何去何從。「什麼不是什麼」,如果可以爲漢字同好解謎,也算是沒有白費心力。

　　「什麼不是什麼」,是一個又一個趨同演化的謎團。田,不一定是田;王,不一定是王;主,也不一定是主;也,也不一定是也。還有多到不行的「什麼不是什麼」,都等待了千百年,等待我們去用心品味。

肆

謝誌：漢字的應用

　　多年前，走在臺北街頭，重慶南路，衡陽路，博愛路，甚至中華商場，都可以欣賞到右老，以及其他書家前輩的題字。親朋好友，家裡也頗有書畫佈置的習慣。可惜，欣賞漢字的美，這樣的風氣以為陳迹。

　　〈漢字及其藝術〉的課程，在我們北科大文化事業發展系，除了有期中考期末考，每學期還有十五次測驗。測驗懷素〈草書千字文〉十次，藉以認識草書；測驗《說文解字》五百四十部首五次，藉以認識篆書。

　　開學第二週起，每週測驗草書一百字，養成同學辨識草書的能力；測驗篆書，也是要養成同學辨識印文的能力。就一個未來的文化工作者而言，這就是漢字的應用，也是從事文化相關工作不可或缺的專業能力。

　　課程概述，我會請同學設想這樣的情境：設想自己是一個文化工作者，走進故宮博物院，為一群訪客擔任導覽。許許多多的文物，或許會有草書，也或許會有印記。假設有訪客提問，假設導覽者具備良好的漢字素養，那麼，每一個提問，就會有一段漢字的佳話。

　　〈漢字及其藝術〉的課程，除了測驗之外，還有漢字應用習作。以漢字為元素，加入設計創意；瞭解一個字，有多樣的字形可以選擇，可以創意設計，而且不可誤用，不可貽笑大方。在北科大，我要感謝多位校長，多位同仁，肯定我漢字創作的趣味。讓我有很多機會，在校園留下有趣的作品。幾年來，這門課只有參考書，沒有指定教本。所有的教材都是簡報上網，同學的報告習作，也都是簡報上網，我真的要感謝同學支持我。因為同學的支持，讓「什麼不是什麼」得以持續發展。這本書，就是我們共同的記憶。

Note

國家圖書館出版品預行編目資料

漢字教學與趨同演化／吳華陽著．－－初版．
－－臺北市：五南，2017.07
　　面；　公分
ISBN 978-957-11-9273-4（平裝）

1.漢字

802.2　　　　　　　　　106011547

1XCH　五南當代學術叢刊31

漢字教學與趨同演化

作　　　者－ 吳華陽

發 行 人－ 楊榮川

總 經 理－ 楊士清

副總編輯－ 黃惠娟

責任編輯－ 蔡佳伶　紀錦嬑

封面設計－ 姚孝慈

出 版 者－ 五南圖書出版股份有限公司

地　　　址：106台北市大安區和平東路二段339號4樓

電　　　話：(02)2705-5066　　傳　　真：(02)2706-6100

網　　　址：http://www.wunan.com.tw

電子郵件：wunan@wunan.com.tw

劃撥帳號：01068953

戶　　　名：五南圖書出版股份有限公司

法律顧問　林勝安律師事務所　林勝安律師

出版日期　2017年7月初版一刷

定　　　價　新臺幣320元